AF208450

Von Hühnern, Parkinson und anderen Merkwürdigkeiten

Nelli Epp

Bibliografische Information der Deutschen Nationalbibliothek:Die Deutsche Nationalbibliothek verzeichnet diese Publikation in der Deutschen Nationalbibliografie; detaillierte bibliografische Daten sind im Internet über dnb.dnb.de abrufbar.

Verlag: BoD • Books on Demand GmbH, In de Tarpen 42, 22848 Norderstedt
Druck: Libri Plureos GmbH, Friedensallee 273, 22763 Hamburg

ISBN: 978-3-7597-8821-4

Prolog

Ich sitze gemütlich im Strandkorb, genieße einen kühlen Orangensaft und mein Blick schweift über die kleine Schar Zwerghühner in unserem Garten. Die meisten von ihnen sind brav innerhalb des Geheges unterwegs. Doch einige schlaue Ausbüxer schaffen es immer wieder, Schlupflöcher zu finden, und erobern den ganzen Garten. Seit bereits sieben Jahren haben wir hier unsere kleine Hühnerbande. Mal sind es mehr, mal weniger – je nachdem, wie brutfreudig die Damen gerade sind. Es ist eine bunt zusammen-gemischte Gruppe, die aber sehr gut miteinander klarkommt. Zurzeit haben wir elf Hühner und einen Hahn.

Lautes anhaltendes Gegacker reißt mich aus den Gedanken. Ein Huhn muss etwas besonders Leckeres gefunden haben und ruft die anderen dazu. Es ist Klara, ein orange-weißes Hühnchen, das sich jetzt stolz aufplustert und mit einem Wurm im Schnabel um den Stall rennt.

Ein rennendes Huhn ist ein interessanter Anblick. Körper und Kopf des Tieres sind wie eine Einheit, die schnell hin und her wackelt. Die einzige aktive Bewegung findet in den Beinen statt, die vor allem beim Rennen viel zu klein für den Körper wirken.

So ähnlich stelle ich mir mein Gangbild vor, wenn mich mein Lebensbegleiter Parkinson mal wieder abschaltet und ich trotzdem im sogenannten „Off" versuche, mich fortzubewegen.

Insgesamt sind die Bewegungen der Hühner alles andere als gleichmäßig. Manchmal bleiben sie abrupt stehen, lassen sich ruckartig ins Sandbad fallen, um sich anschließend ausgiebig zu putzen. Ohne ersichtlichen Grund laufen sie los. Oft geht es dann im Zickzackkurs durch das Gehege. Bei mir wechseln die Phasen zwischen guter und gar keiner Beweglichkeit meist unberechenbar. Wenn ich also merke, dass ich so langsam ins Off rutsche, renne ich wie ein aufgescheuchtes Huhn durchs Haus, um möglichst die Zeit zu nutzen, bevor gar nichts mehr geht. Kein Wunder also, dass mich mit Hühnern etwas verbindet: Sie bewegen sich komisch, sind unberechenbar und etwas verrückt.

1.   Alles auf Anfang

Bereits als Kind mochte ich Hühner. In unserer direkten Nachbarschaft gab es eine kleine Herde Zwerghühner, die ich oft beobachtete. Als wir vor einigen Jahren in ein altes Haus mit großem Grundstück zogen, war die Gelegenheit günstig, über die Anschaffung von Hühnern nachzudenken. Hinzu kam, dass unser Jüngster meine Begeisterung für das Federvieh teilte, nachdem er ein paar Tage in den Ferien auf einem kleinen Hof verbracht hatte. Nach einigen Überlegungen und Gesprächen mit den Nachbarn gingen die Vorbereitungen los. Die Nachbarschaft mit einzubeziehen war uns von Anfang an wichtig, weil wir ein sehr gutes Miteinander hatten das wir auf keinen Fall aufs Spiel setzen wollten. Ich besorgte mir erst einmal Bücher über Hühnerhaltung und Stallbau. Dann entwarf ich einen kleinen Stall, der für bis zu zehn Zwerghühner ausgelegt war. Mein Mann, der zum Glück ein geschickter Handwerker ist, baute den Stall nach meinen Vorgaben. Auf den Rat von anderen Hühnerbesitzern hin leisteten wir uns noch eine Stalltür, deren Öffnungs- und Schließzeiten man einstellen konnte. So musste man nicht morgens ganz früh raus, um die Hühner aus dem Stall zu lassen. Schließlich spannten wir noch ein Geflügelnetz in der Höhe von einem Meter zwanzig um ein großzügiges Gelände als Auslauf. Die Dame, von der wir die Zwerghühner bekommen sollten, meinte nur: „So ein Netz wird reichen. Die Hühner fliegen so gut wie gar nicht." Von wegen! Aber dazu später mehr.

Die Inneneinrichtung des Stalls bestand aus drei Legenestern (kleinen Holzkisten, die mit Heu gefüllt waren), einer Sitzstange und darunter einem Brett, das den Großteil des Kots auffangen sollte. Was übrigens auch wunderbar funktionierte. Als Letztes kamen noch Futter- und Trinkgefäße hinein. Alles noch schön mit Streu ausgelegt und schon waren wir bereit, unsere neuen Mit-bewohner aufzunehmen. Ich hatte in einen Karton

Luftschlitze geschnitten und ihn mit Heu aus-
gepolstert. So machten wir uns auf den Weg. Die
Vorbesitzerin musste sich sichtlich anstrengen, die
Hühner einzufangen. Besonders der Hahn wehrte
sich und wollte mit dem Schnabel nach ihr hacken.
Kurzerhand nahm sie ihn bei den Füßen und hielt
ihn kopfüber. „So sind sie immer ruhig", meinte sie.
Tatsächlich hing der Hahn jetzt ganz unbeweglich
da. Sie gab uns noch ein paar gute Tipps. Zum
Beispiel, dass die Hühner bei Dunkelheit generell
ruhig seien. Deshalb legten wir für die Rückfahrt
eine dünne Decke als Verdunkelung über die
Transportbox. Und ab ging's nach Hause.

2. Eingewöhnung

Zunächst setzten wir unsere neuen Weggefährten
in den Stall und verdunkelten diesen etwas. Nach
ein paar Minuten beruhigte sich die kleine Bande.
Wir hatten einen Hahn und vier Hennen
bekommen. Um den Hühnern etwas Ruhe zu
gönnen, genehmigten wir uns erst einmal ein Eis.

Die Vorbesitzerin hatte uns geraten, ein bis zwei
Stunden zu warten und dann erst den Stall zu
öffnen. Das taten wir dann auch und warteten
gespannt, was passieren würde. „Bestimmt kommt
der Hahn als Erstes heraus", mutmaßte ich. Irrtum!
Als Erstes kam das große schwarze Huhn heraus
und lief mit lautem Gegacker quer durch das
Gehege. Wir nannten sie Theresa, das Oberhuhn

(den Namen hat unser Jüngster ausgesucht). Sie war größer als die anderen, weil sie ein Mix aus „normalem" Huhn und Zwerghuhn war. Sie lief sehr wackelig, aber auch sehr schnell. Ihren Kopf hatte sie meist etwas schräg zur Seite geneigt, was ihrem Blick etwas Verklärtes gab. Sie führte sich auch später immer wieder als Chefin auf und machte dem Hahn ordentlich Konkurrenz. Als Zweite kam ein braun geschecktes Huhn heraus. Etwas vorsichtiger als Theresa, aber doch zielstrebig. Diesmal war Oma mit der Namensgebung dran, und so hieß das braune Huhn Ilse. Die weitere Reihenfolge weiß ich heute nicht mehr genau. Es gab noch den Hahn Alessio, ein kleines braunes Seidenzwerghuhn, dem ich den Namen Emma gab, und ein schwarzes Huhn mit einer Haube auf dem Kopf wurde Roxy genannt.

Jetzt zu der Flugfreude der Hühner. Ich weiß nicht, ob alle Hühner so sind, aber bei unseren hat es keine Stunde gedauert, da waren die ersten über den Zaun entwischt und erkundeten voller Neugier und Abenteuerlust unseren Garten und die Gärten der Nachbarn. Die meisten fanden den Weg zurück ins Gehege, nur Theresa lief noch immer in den Büschen herum. Ich wusste, dass die Hühner bei Dämmerung in den Stall gingen, und es fing bereits an, dunkler zu werden. Es war klar, dass wir uns beeilen mussten, doch ich hatte Angst, das Huhn zu erschrecken. Nicht, dass es in Panik auf die Straße flüchtete. Schließlich gelang es uns zu viert, die völlig aufgeregte Theresa zu fangen, als sie quer durch die Blumenbeete zum anderen Ende des Grundstücks fliehen wollte. Ich recherchierte daraufhin fleißig im Internet, wie man die Hühner am Ausbüxen hindern konnte. Das Stutzen der Flugfedern schien mir doch etwas zu extrem als Maßnahme. Ich las außerdem, dass sich Hühner vor flatternden Bändern oder Ähnlichem fürchteten. Sie konnten die Höhe eines Hindernisses nicht so gut einschätzen, wenn es sich bewegte. Also verlängerte ich einige Zaunpfosten, indem ich Pflanzstangen mit Kabelbindern daran befestigte. Dann spannte ich oben entlang ein Seil, an dem ich bunte Stoffstreifen festband. Die Nachbarn dachten, wir hätten etwas zu feiern und würden den Garten dekorieren.

Genau zwei Tage hinderte es die Hühner, darüber hinwegzuflattern. Die Einzigen, die den Tag im Gehege verbrachten, waren Emma (Seidenzwerghühner können nicht fliegen) und Theresa, unser Oberhuhn. Theresa saß wohl der Schock vom ersten Tag noch in den Knochen. Die anderen Hühner machten sich morgens auf den Weg, um sich mit der neuen Umgebung vertraut zu machen. Dabei überquerten sie auch nicht selten die Straße. Sehr zur allgemeinen Belustigung der Nachbarn. Der Hahn ging immer voraus und seine Mädels folgten ihm direkt.

In einem Internetshop fand ich dreieckige Warnschilder mit der Aufschrift: „Vorsicht, frei laufende Hühner". Davon stellten wir zwei an unserer Grundstücksgrenze auf.

Die Hühner genossen so lange ihren Freigang, bis sich immer mehr Nachbarn beschwerten. Die fleißig scharrende Hühnerbande hatte so manches Beet von Rindenmulch befreit, um an die Würmer zu kommen, die darunter zu finden waren. Leider hatte ich es nicht geschafft, ihnen beizubringen, das Zeug nachher wieder zurückzuräumen.

Als die ersten Nachbarn sich beschwerten, war klar, dass wir etwas unternehmen mussten. Also sah ich mir Filmchen darüber an, wie man die Flugfedern kürzt. Es schien nicht so schwierig zu sein, und bald hatten wir es raus. Die Federn sind natürlich irgendwann nachgewachsen, sodass wir diesen Vorgang wiederholen mussten. Aber bis auf zwei oder drei Hühner haben sich alle an ein Leben innerhalb des Geheges gewöhnt. So können wir jetzt auch die Flügel in Ruhe lassen.

3. Aller Anfang ist schwer

Die Hühner schienen sich gut einzuleben. Ich hatte gelesen, dass es manchmal mehrere Wochen dauert, bis Hühner nach einem Umzug wieder beginnen, Eier zu legen. Bei unserer Bande hat es genau zwei Tage gedauert, da hatten wir drei kleine Zwerghühnereier in den Nestern. Das nahm ich als gutes Zeichen. Sie hatten die Veränderung gut verkraftet.

Veränderung fängt manchmal ganz klein an.
So war es auch bei mir. Wer geht schon gleich zum Arzt, wenn ein Arm verspannt ist? Die ersten Parkinson-Symptome hat mein Mann früher erkannt als ich. Ich hielt immer öfter den linken Arm angewinkelt nah am Körper und zog das linke Bein beim Gehen etwas nach. Meine eigene Diagnose war Stress, verspannter Nacken oder einfach zu viel Beanspruchung. Das Leben mit drei Kindern kann ja auch schon mal ziemlich anstrengend sein. Irgendwann erzählte ich dann doch meinem Hausarzt von den Bewegungs-veränderungen. Er sah sich mein Gangbild an und schickte mich direkt mit dem Taxi ins Krankenhaus zum CT und MRT wegen Verdacht auf einen Hirntumor. Ich war erst einmal so geschockt, dass ich ziemlich neben mir stand. Meine Erleichterung war riesig, als sich dieser erste Verdacht nicht bestätigte. Als zweite Möglichkeit nannte mir mein Hausarzt Parkinson. Er empfahl mir, eine Neurologin im Nachbarort aufzusuchen.
Ich und Parkinson? Konnte ich mir nicht vorstellen. Ich suchte nach alternativen Diagnosen. Mir war schon klar, dass meine Oma und auch mein Vater an Parkinson erkrankt waren. Bei meinem Vater war es erst im hohen Lebensalter aufgetaucht, doch meine Oma hat es auch recht früh bekommen. Aber mit 36 Jahren? Ich wollte es nicht

wahrhaben und versuchte, die Symptome zu verstecken. Als ich auch von anderen auf meine merkwürdige Körperhaltung angesprochen wurde, gab ich mir noch mehr Mühe, mir nichts anmerken zu lassen. Ein Trick war, dass ich meine Hand auf der Handtasche ruhen ließ. Besser wurde es dadurch natürlich nicht. Mein Motto war: Solange ich nicht genau weiß, was ich habe, ist es nichts. Schließlich bestimme ich doch selbst, was und wann ich wo untersuchen lasse. Ratschläge von anderen ignorierte ich komplett.

4. Der Hahn ist Chef, oder?

Auch bei den Hühnern sollte es ganz klar geregelt sein, wer das Sagen hat: der Hahn. Alessio hatte es allerdings nicht leicht, seine Chef-Rolle auszufüllen. Dabei kümmerte er sich sehr um seine Hennen. Sobald er etwas besonders Leckeres fand, wie einen dicken Regenwurm oder ein grünes Blatt (die Hühner hatten nach wenigen Tagen die Wiese im Gehege in eine Staubwüste verwandelt), rief er seine Herde zusammen, und jede Henne kam so schnell wie möglich angerannt. Theresa mit ihrem leicht irren Blick und ihrem Wackelgang sah dabei besonders interessant aus. Manchmal beobachtete ich, wie sich Theresa neben den Hahn stellte, ihn von der Seite ansah und ihm dann mit dem Schnabel in den Fuß hackte. Statt sich zu wehren oder es ihr heimzuzahlen, ging der Hahn mit einem Kopfschütteln einfach weg. Ein anderes Mal sah ich, wie der Hahn auf die Futterbox flatterte, um sein wunderschönes Krähen zum Besten zu geben. Und Theresa? Sie saß direkt vor ihm und machte ebenfalls ein Geräusch, als würde sie krähen. Wo sie konnte, versuchte sie dem Hahn seine Führungsrolle streitig zu machen. Und mir kam es oft so vor, als hätte der sonst so mutige Alessio Angst vor der großen, mächtigen Henne mit dem verstrahlten Blick. Da gab es nur diese eine Sache, bei der selbst Theresa nicht mithalten konnte: Wenn der Hahn sich im Liebesrausch eine Henne nach der anderen vornahm. Sie mit einem kleinen Tänzchen von sich überzeugte, sich dann mit vor Aufregung flatternden Flügeln auf ihr Hinterteil schwang und sich mit dem Schnabel in ihrem dichten Federkleid festbiss. Hier hielt dann auch Theresa diskret und etwas pikiert Abstand von dem Geschehen. Wenn Alessio gerade gut in Schwung war, stellte er sich auch der Herausforderung, die große Theresa zu beglücken. Ein herrlich lustiger Anblick, denn er musste etwas Anlauf nehmen, um in der richtigen Position auf ihr zu landen. Theresa schien ihr Glück gerade noch so zu ertragen. War der Hahn nach seinem Einsatz wieder auf dem Boden, entfernte sie sich rasch und schüttelte ihr Gefieder.

Hühner haben eine interessante Art der Kommunikation. Wenn eine Henne ein Ei gelegt hat, kommt von der ganzen Herde ein Freudengegacker der besonderen Art. Nach einer Weile hörte ich den Unterschied heraus. Eine bestimmte Art zu gackern bedeutet Gefahr, eine andere war der Ruf zu einer leckeren Mahlzeit, doch der Eier-Freudensong ist meiner Meinung nach der lauteste von allen. Die Eier von Zwerghühnern sind wirklich niedlich. So klein und doch so lecker. Das Eigelb ist proportional wesentlich größer als bei normalen Hühnereiern. Die größten Eier in unserem Stall waren natürlich von Theresa. Es kam mir so vor, als würde sie sich am meisten über ihre eigenen Eier freuen. Legte ein anderes Huhn ein Ei, sah sie es sich erst einmal an, wie um zu prüfen, ob es das Jubeln wert sei. Dann stieg sie zögernd in den Eier-Freudensong ein. Doch legte sie selbst ein Ei, dann war ihr Song in der ganzen Nachbarschaft zu hören. Einmal, als Theresa sich so lautstark über ihr eigenes Ei freute, wagte ich es, zu lachen. Sie hielt einen Moment inne, sah mich mit einem bösen Blick an und öffnete den Schnabel, als würde sie nach Luft schnappen. Und dann ging der Jubel noch lauter und eindrücklicher erst richtig los. Ich wagte es nie wieder, mich über Theresa lustig zu machen. Sie war und blieb das Oberhuhn und Alessios große Konkurrenz.

5. Die Diagnose

Klarheit ist eine wichtige Sache im Leben. Ob es dabei um Rollenverteilung geht oder darum, Antworten auf wichtige Fragen zu bekommen. Auf der Suche nach einer Diagnose bekam ich den Tipp von einer Bekannten, einen Manual-therapeuten aufzusuchen. Beim ersten Gespräch mit gründlicher Untersuchung sagte er: „Sie sind nicht krank. Sonst hätten Sie wesentlich größere Probleme im Alltag." Das war genau der Satz, den ich hören wollte. Und ich klammerte mich mit aller Kraft daran. Alle vier Wochen behandelte er mich, löste Blockaden und machte mich damit lockerer und beweglicher. Natürlich fühlte sich alles an Bewegung nach der Behandlung besser an. Trotzdem ließ die Wirkung schnell wieder nach. Das machte mich stutzig. Um ganz sicherzugehen, besorgte ich mir doch einen Termin bei der Neurologin. Sie schickte mich zum sogenannten DaTSCAN.

(Ein DaTSCAN ist eine nuklearmedizinische Untersuchung, bei der bestimmte Verbindungen im Gehirn bildlich dargestellt werden können. Es wird ein Kontrastmittel gespritzt und dann werden MRT Aufnahmen vom Kopf gemacht.) Ich bekam also ein Kontrastmittel gespritzt und hatte dann eine längere Wartezeit bis zur Untersuchung. An die Wartezeit kann ich mich noch genau erinnern. Es regnete in Strömen. Also setzte ich mich ins Auto. Da regnete es nur leicht rein und ich markierte alle Stellen, an denen die Tür- und Schiebedachdichtungen nicht mehr in Ordnung waren. Mein alter roter Polo ... Er war halt nicht mehr ganz dicht. Und ich saß da und wartete auf die Beantwortung der Frage, ob ich ebenfalls einen Dachschaden hatte.

Etwa zwei Wochen nach dem DaTSCAN hatte ich den Termin bei der Neurologin, um das Ergebnis zu besprechen. Für mich brach eine Welt zusammen, während sie so redete, als wollte sie mich zu den neusten Gardinenstoffen beraten. „Also, Sie haben Parkinson. Das ist jetzt klar. Sie können sich diese Broschüren mal durchlesen. Dann habe ich hier noch Vitaminpräparate – die werden wahrscheinlich nichts bringen – und hier ist noch eine Information zu den eventuellen Medikamenten. Dann lassen Sie sich doch gleich vorne einen Termin in einer Woche geben. Dann besprechen wir die Medikation. Oder haben Sie noch Fragen?" Ja, ich hatte viele Fragen. Die wollte ich nach dieser Ansage aber nicht mehr stellen. Und einen Termin ließ ich mir auch nicht geben. Stattdessen fuhr ich nach Hause und recherchierte, welche anderen Neurologen es in der Umgebung gab. Nach einigen Telefonaten fand ich schließlich einen, bei dem ich immerhin schon nach sechs Wochen einen Termin bekam. Jetzt stand es also fest: Ich war 36 Jahre jung und hatte Parkinson. Ich war noch nie scharf darauf gewesen, etwas Besonderes zu sein.

Jetzt war ich es – wie Theresa.

6. Nicht wie alle anderen

Bei den Hühnern tanzte eindeutig Theresa am meisten aus der Reihe. Doch auch wenn Theresa das auffälligste von unseren Hühnern war, hatte jedes Huhn seine Eigenheiten. Emma war die ruhigste von allen. Wenn alle aufgeregt zum Hahn stürmten, zögerte sie ein wenig, als würde sie nachdenken, ob sich die Eile wirklich lohnt. Emma und Ilse waren sehr häufig zusammen in einer Ecke des Geheges. Es wirkte wie eine typische Mädchenfreundschaft. Ich wette, die beiden gingen auch gemeinsam zur Toilette.

Roxy hatte von allen die meiste Energie. Während die anderen schon eine Weile Pause machten und im Schatten auf der kühlen Erde dösten, scharrte Roxy noch, als ginge es um ihr Leben. Auch sie machte Pausen. Allerdings begannen diese bei ihr so plötzlich, dass ich ein paar Mal erschrocken dachte, sie sei krank oder hätte sich verletzt. Mitten in der Bewegung ließ sie sich mit einem Geräusch, das wie ein Seufzen klang, in den Staub fallen. Einen Moment blieb sie unbeweglich liegen und begann dann ganz langsam und gemächlich, sich zu putzen. Auch das ließ mich an meine Parkinson-Symptome denken. Wenn ich gut beweglich bin, versuche ich möglichst viel zu schaffen. Ich weiß nie, wie schnell wieder eine Zwangspause kommt. Denn bei mir wechseln die sogenannten On- und Off-Phasen ziemlich heftig.

Wenn ich so durch die Gegend flitze, nennt mich mein Mann ganz gerne Speedy Gonzales.

Es kommt vor, dass ich gerade noch die Küche fege, den Müll rausbringe und dann nur noch in Zeitlupe meinen Lieblingssessel erreiche und mich erleichtert hineinplumpsen lasse. So wie Roxy sich in den Staub fallen lässt.

Wir hatten die Hühner erst wenige Wochen, als ich bemerkte, dass Ilse nicht mehr aus dem Nest kommen wollte. Sie hatte sich eindeutig entschieden zu brüten und saß auf sechs Eiern. In meinen schlauen Büchern hatte ich gelesen, dass man die brütende Glucke am besten separieren sollte, damit sie in Ruhe auf den Eiern liegen kann. Also baute ich einen kleinen Kükenstall mit aufklappbarem Dach und einem kleinen Auslauf. Es war kein handwerkliches Meisterstück, aber erfüllte seinen Zweck. 21 Tage sollte es dauern, bis die Küken schlüpften. Ich hatte es mir im Kalender eingetragen und wartete ungeduldig, als würde ich selbst die Küken ausbrüten. Ilse saß geduldig auf ihren Eiern. Einmal täglich ging sie vom Nest, um zu fressen und ihre Geschäfte zu erledigen. Bereits am 19. Tag sah ich immer wieder nach Ilse und lauschte auf Piepsgeräusche oder auf das Knacksen von aufgebrochener Eierschale. Am 21. Tag konnte ich um 5 Uhr nicht mehr schlafen und ging zum Kükenstall. Hier war noch alles ruhig. An diesem Tag verbrachte ich die meiste Zeit in der Hocke vor dem kleinen Stall und beobachtete jede Bewegung von Ilse. Sie wurde immer unruhiger.

Und endlich, am frühen Nachmittag, wurde meine Geduld belohnt und ich sah den ersten kleinen Kükenkopf unter den Federn der Glucke hervorschauen. Meine Freude war unbeschreiblich. Fünf Küken schlüpften und hielten unsere Ilse ganz gut in Bewegung. Schon bald versuchten die kleinen plüschigen Wesen, neugierig die Welt zu erkunden. Mama Ilse stupste sie immer wieder zurück unter ihr wärmendes Gefieder. Nach einigen Tagen öffnete ich den Auslauf am kleinen Stall und ließ die Glucke mit ihrem Nachwuchs auf den Rest der Herde los. Gespannt wartete ich, ob die Begegnung reibungslos ablaufen würde. Erst einmal wurde Ilse von Roxy und Theresa attackiert. Sie setzte sich gut zur Wehr und Roxy gab schnell Ruhe. Nur Theresa piesackte sie immer weiter. Das sah ich mir nicht lange an und sperrte unser freches Oberhuhn in den Stall. Theresa machte ein Riesentheater, bis ich sie wieder herausließ. Doch dann konnte sie sich benehmen und ließ Ilse und die Kleinen in Ruhe. Jetzt zu den Küken. Man meint doch immer, Küken müssten hellgelb sein, oder? Unsere erste Brut bestand aus zwei gelben, zwei schwarz-weißen und einem hellgrauen Küken. Die gelben wurden später bräunlich, die schwarz-weißen wurden schwarz, nur das hellgraue behielt seine Farbe. Alle bewunderten unser hellgraues Huhn. Ja, sie war schon eine besondere Schönheit. Ich nannte sie Gloria – abgeleitet von der Redewendung „Glanz und Gloria".

7. Was ist normal?

Und wer bestimmt, was normal ist? Definitiv ist es nicht normal, mit 36 Jahren an Parkinson zu erkranken. Sind wir uns einig? Unser jüngster Pflegesohn war gerade mal drei Jahre alt, als ich die Diagnose bekam.

Was ich über das Internet über die Krankheit herausfand, war nicht gerade sehr ermutigend. Trotzdem dachte ich, bei mir könnte ja auch alles anders laufen. Vielleicht ginge es mir ja auch noch viele Jahre richtig gut. Aber was, wenn nicht? Ich könnte bald im Rollstuhl sitzen und auf Hilfe angewiesen sein. Schon der Gedanke machte mich noch kränker. Wer mich kennt, der weiß, wie schwer es mir fällt, zu delegieren und Hilfe anzunehmen. Ein schrecklicher Gedanke.

Wir waren auf der Suche nach einem Haus mit Garten, wo die Kids mehr Möglichkeiten hatten, sich draußen auszutoben. Wir hatten nämlich festgestellt, dass unsere drei Jungs nicht für Wohnungshaltung geeignet waren. Das wäre ein Traum: ein großes Haus, Platz, um Gemüse anzupflanzen. Vielleicht ein Gewächshaus? Und wer sollte sich um alles kümmern, wenn ich es nicht mehr hinbekam?

Ob ich wollte oder nicht, diese Fragen stellte ich mir immer wieder. Dann kam dieser verregnete

Sonntagnachmittag. Ich stöberte mal wieder die Immobilienangebote in der Zeitung durch. Da war eine Anzeige zu einem Zweifamilienhaus in unserer Nähe mit großem Grundstück. Ich rief die angegebene Telefonnummer an und erfragte zunächst die Adresse. Einfach nur, um zu sehen, wo das Haus war, fuhr ich los. Mein Auto parkte ich etwas weiter weg vom Haus, um nicht aufzufallen. Dann ging ich am Grundstück entlang und schielte, so weit es ging, in den Garten: Da gab es alte Obstbäume, viele Büsche und Hecken, die herrliche Buden und Verstecke für die Jungs zum Spielen bieten würden. Ein Grundstück mit vielen versteckten Winkeln und Ecken. Das Haus selbst hatte eine beeindruckende Größe und wirkte auf den ersten Blick gepflegt. Es war nichts mehr zu machen. Ich hatte mich bereits verguckt. Vernünftig war es nicht, mit der Diagnose Parkinson und drei kleinen Kindern ein altes, renovierungsbedürftiges Haus zu kaufen. Wenn überhaupt, dann war es mutig oder dumm. Oder irgendwas dazwischen. Jedenfalls wagten wir das Abenteuer und leben nun schon acht Jahre in diesem alten Gemäuer mit sechzig Zentimeter dicken Außenwänden. Nach und nach haben wir die Strom- und Wasserleitungen erneuert, die alten Dielenböden freigelegt und die Bäder renoviert. Es war ein riesiger Aufwand, den ich anfangs nie so eingeschätzt hätte. Mein Mann war da realistischer. Er wusste gleich, das ist eine Anschaffung, bei der man immer etwas zu tun hat. Und so ist es bis heute. Es gibt Tage, da wächst mir alles über den Kopf. Wenn ich es noch nicht einmal schaffte, Hundespaziergänge und den üblichen Haushaltskram zu erledigen, wie sollte ich mich dann um so ein riesiges Haus kümmern? Ist das normal, solche Herausforderungen anzunehmen? Zum Glück nicht. Und wir sind auch nicht normal. Weder unsere Kids noch unsere Tiere und auch nicht der Garten, wo das Unkraut einen Meter über den Komposthaufen hinaus wuchert und die Grasbüschel zwischen den Wegplatten fröhlich vor sich hin gedeihen. Nein, normal ist nicht unser Ding, und die Sache mit dem immer frisch geputzten Boden ist auf der Prioritätenliste weit nach hinten gerutscht. Selbst wenn ich einen guten Tag habe, versuche ich neben den Pflichten auch schöne Dinge zu tun. Das ist doch völlig normal.

8. Milbenplage

Der erste Sommer mit den Hühnern, und es kamen die Milben. Erst fiel mir auf, dass sich die Hühner ungewöhnlich viel kratzten und viele Staubbäder nahmen. Dann die Entdeckung im Stall: Überall in den Ecken sah man die kleinen schwarzen Punkte. Sie bewegten sich und schlossen sich zu kleinen und größeren Grüppchen zusammen. Milben! Ich holte mir bei einer anderen Hühnerbesitzerin Rat. Das beste Mittel gegen Milben sollte Kieselgur sein. Ein

Pulver, das sich auf dem Panzer der Milben festsetzt und sie sozusagen austrocknet. Das klang vielversprechend. Also reinigte ich den kompletten Stall mit einem Dampfreiniger, strich die Innenwände mit einer Farbe, die ebenfalls Kieselgur enthielt, und stäubte täglich eine Ladung des kalkigen Pulvers in den Stall. Keine Milbe mehr in Sicht. Ich war erleichtert. Doch schon am nächsten Tag die böse Überraschung: Alle Ecken saßen wieder voll mit den widerlichen Viechern. Wo kamen sie nur her?

Ich zerbrach mir den Kopf. Die Idee kam mir in der zweiten Nacht. Der Stall war von außen mit Profilbrettern mit Nut und Feder verkleidet. Darunter war das Grundgerüst aus MDF-Platten. Könnten die Milben sich in diesen Zwischenräumen versteckt haben? Am nächsten Morgen schnappte ich mir einen Schraubendreher und schraubte ein Brett ab. Mir war übel und ich hatte Gänsehaut, als ich darunter die dunkle Masse aus Milben entdeckte. Es war eine Tagesaktion, die Bretter alle abzuschrauben und zu verbrennen. Erleichtert konnte ich in der nächsten Nacht wesentlich besser schlafen. Die Milbenplage hatte zwei Küken und ein Huhn das Leben gekostet. Wir mussten uns von Roxy verabschieden. Sie hatte unbedingt brüten wollen, aber weil wir in dem Jahr schon so viele Küken hatten, haben wir ihr zwei Mal die Eier weggenommen und sie immer wieder aus dem Stall geholt. Weil sie es ständig erneut versuchte, sich ins Nest zu legen, gaben wir schließlich nach und ließen sie auf zwei Eiern sitzen. Vermutlich hat sie einfach zu viel Zeit im Stall bei den Milben verbracht, und durch die Brüterei war sie ohnehin geschwächt, sodass sie eines Morgens tot auf den Eiern lag. Ich war zu der Zeit in der Klinik und trauerte sehr um mein schwarzes Hühnchen mit der Haube, das so gut meine Wechsel zwischen On und Off nachmachen konnte.

Seitdem wird regelmäßig Kieselgur im Stall verteilt, und einmal im Jahr gibt es einen Innenanstrich mit der Spezialfarbe. Zwar haben wir jeden Sommer Milben im Stall, aber nie wieder in so einem Ausmaß wie im ersten Jahr. Man lernt immer wieder etwas dazu.

9. Mut zur Lücke

Meine ersten Parkinson-Medikamente waren eine Katastrophe. Ich bekam Dopaminagonisten – so wie es am Anfang der Krankheit üblich ist. Agonisten ahmen im Gehirn die Wirkung von Dopamin nach. Anders als bei Levodopa muss der Wirkstoff im Körper nicht erst in eine effiziente Form umgewandelt werden. Die Nebenwirkung war, dass mir den ganzen Tag speiübel war. Ich konnte nichts essen und kaum schlafen. Mein Neurologe meinte zunächst, ich müsste doch noch ein paar andere Agonisten ausprobieren. Als er mich dann völlig fertig mit drei Kilo weniger Körpergewicht (und ich bin nicht gerade eine von der fülligen Sorte) heulend in der Praxis sitzen hatte, war auch ihm klar, dass es so nicht funktionierte. Er schlug vor, ich sollte mich stationär in einer Parkinson-Klinik einstellen lassen. Da wurde mir noch schlechter. Klinik? Weg von zu Hause? Und das für zwei bis drei Wochen? Er hätte mir auch mit der Todesstrafe drohen können. Also verschrieb er mir Stalevo (Kombination aus Levodopa, Carbidopa und Entacarpone. Levodopa hebt den Dopaminspiegel an, Carbidopa sorgt dafür, dass möglichst viel Levodopa im Gehirn ankommt, und Entacarpone hemmt den schnellen Abbau von Dopamin). Aus heutiger Sicht hätte ich besser in die Klinik gehen sollen, aber zu dem Zeitpunkt und in der Situation konnte ich mir nicht vorstellen, wie das gehen sollte. Mit den Stalevos kam ich sehr gut zurecht. Ich nahm meine drei Tabletten am Tag, und es ging mir richtig gut. Fast drei Jahre hatte ich so gut wie gar keine Einschränkungen. Der sogenannte Honeymoon bei Parkinson, den die meisten Betroffenen erleben. In der Zeit lernte ich eine Parkinson-Selbsthilfegruppe kennen. Es tat gut, über die Situation zu reden und vor allem zu merken, dass ich nicht die Einzige war, die im relativ jungen Alter mit dieser Diagnose konfrontiert wurde.

Als meine Bewegungen auffälliger wurden und ich oft von völlig überbeweglich zu ganz unbeweglich wechselte, wurden noch ein paar Medikamenten-änderungen ausprobiert. Langsam wurde mir klar, dass es nicht mehr so sein würde wie früher. Ich hatte versucht, die Krankheit zu ignorieren. Außer meiner Schwester, meiner besten Freundin und natürlich meinem Mann wusste niemand davon. Das erste „Coming-out" war telefonisch mit meinen beiden Brüdern. Dann informierte ich nach und nach meine Freunde und auch Nachbarn. Die Reaktionen waren von geschockt über hilflos bis zu motiviert, etwas ganz Schlaues zu sagen. Nur, dass es nichts Hilfreiches und Schlaues zu sagen gab. Ein paar Wochen später hatte ich meine Arbeitskollegin zum Frühstück eingeladen. Als sie ankam, war ich richtig im Off. Da war ich natürlich gezwungen, meinen Zustand zu erklären. Sie reagierte sehr verständnisvoll, stellte ein paar Fragen, aber wir waren schnell auch bei anderen Themen, und sie machte kein Drama daraus. Solche Situationen machten mir Mut. Ich begann, immer offener damit umzugehen, und in den meisten Fällen bereute ich es nicht, mich geoutet zu haben. Einige wenige konnten mit so einer Sache, die einem ziemlich den Boden unter den Füßen wegreißt, gar nicht umgehen. Entweder sie gingen mir aus dem Weg und konnten mir nicht mehr in die Augen sehen, oder sie überschütteten mich mit Mitleid und Hilfsangeboten. Beides fand ich blöd. Manche Kontakte verliefen dann bewusst oder unbewusst einfach im Sande.

Vor allem meine Überbewegungen machten mir zu schaffen. Dann sind Kopf, Arme und Beine ständig in Bewegung und ich zapple nur herum. Es sieht komisch aus und tut auch irgendwann im Nacken und den Gelenken weh. Wenn ich mit Überbewegungen in das Hühnergehege gehe, habe ich den Eindruck, die Hühner merken auch eine Veränderung. Ich unterhalte mich ganz gern mit den Hühnern und so erklärte ich ihnen auch, was mit mir los war. Sie standen ganz ruhig um mich herum und hörten zu. Als ich fertig war, versprach ich, dass ich mich aber weiter um sie kümmern würde, und als Beweis brachte ich einen großen Eimer mit Kompost mit. Sie freuten sich riesig und begannen sofort zu scharren und sich die dicksten Würmer herauszusuchen. Es war eine Freude, ihnen zuzuschauen. Als ich wenige Tage später wieder mal zappelig ins Gehege kam, sahen sie mich an und ich bildete mir ein, sie zappelten auch. Machten sie sich lustig über mich? Das wäre gemein. „Hey", sagte ich, „lacht ihr mich aus?" Ein allgemeines, entrüstetes Gegacker folgte. So, als wollten sie sagen: „Du bist nicht allein. Wir verstehen dich." Und da soll mal jemand sagen: „Dummes Huhn."

10. Glorias Geheimnis

Inzwischen waren die Küken zu stattlichen Hennen herangewachsen. Gloria, die Graue – eine wahre

Schönheit mit ungewöhnlich dunklen Augen. Sie und Emma (das braune Seidenzwerghuhn) mochte ich am liebsten. Eines Abends kam ich wie fast jeden Abend zum Stall, um zu kontrollieren, ob alle vollzählig waren, und zählte die Hühner. Ein Huhn fehlte. Der zweite Blick in den Stall bestätigte meine Sorge: Gloria war weg. Gemeinsam mit meinem Mann und den Jungs suchten wir das ganze Grundstück ab und fragten auch bei den Nachbarn nach. Niemand hatte sie gesehen. Traurig und mit dem Verdacht, ein Marder oder ein Raubvogel hätte sie wohl erwischt, ging ich an diesem Abend ins Bett.

Am nächsten Tag war ich lange unterwegs, weil ich einige Dinge in der Stadt erledigen musste. Mittags rief mich mein Großer auf dem Handy an. Er war gerade von der Schule nach Hause gekommen und sagte, er habe im Garten Gloria mit den anderen Hühnern gesehen. Ja, er sei sich sehr sicher, dass sie es war. Ich konnte es nicht glauben. Als ich eine Stunde später nach Hause kam, wollte ich mich sofort selbst überzeugen. Aber: keine Gloria weit und breit. Wahrscheinlich hatte er sich einfach vertan oder es war Wunschdenken. Traurig stellte ich mich darauf ein, mit diesem Verlust leben zu müssen. Am nächsten Morgen ging ich bei leichtem Nieselregen zu den Hühnern und traute meinen Augen nicht. Als wäre nichts gewesen, scharrte Gloria mit den anderen um die Wette. Eine Weile später war sie wieder weg. Ich hatte schon recherchiert, was so ein

Verhalten zu bedeuten hatte. Sie musste außerhalb des Geheges ein Nest haben und brüten. Ich trug mir das ungefähre Schlupfdatum im Kalender ein und wartete gespannt, bis sie wieder einmal zum Vorschein kam und sich unauffällig unter die anderen mischte. Diesmal kam sie mir nicht davon. Ich versteckte mich hinter den Büschen an der Terrasse und wartete. Von hier hatte ich einen guten Überblick. Da. Sie begann sich langsam von der Herde zu entfernen. Wie zufällig lief sie von einer Gartenseite auf die andere und kreuz und quer an den Mülltonnen und am Kompost vorbei und wieder zurück. Langsam fühlte ich mich leicht veräppelt. Dann stand sie vorm Carport, und einen Moment später war sie weg. Ungläubig starrte ich auf die Stelle, wo sie gerade noch gestanden hatte. Vorsichtig und leise ging ich in die Hocke und schob den dichten Efeu zwischen Carport und Gartenhütte etwas zur Seite. Da lag sie. Ohne sich zu bewegen und platt wie ein Pfannkuchen auf ihrem Nest. Ich schob den Efeu wieder vor ihren „Eingang" und schlich mich davon. Als ich Gloria mal wieder bei den anderen Hühnern entdeckte, ging ich schnell zu ihrem Nest, um staunend festzustellen, dass sie auf elf Eiern saß!

Einen Tag vor dem ausgerechneten Schlupftermin nutzte ich noch einmal Glorias „Futterpause", um an das Nest zu gehen. Ich hob vorsichtig ein Ei an mein Ohr. Da! Ich hörte das eindeutige Piepsen eines Kükens aus dem Inneren des Eis.

Nacheinander hob ich die Eier einmal heraus und lauschte. Überall Piepsen und das leise Knacken des Schnabels, der die Eierschale bearbeitete. Ja, diese Brut könnte ein großer Erfolg werden.

Am nächsten Morgen – es war ein Sonntag – wachte ich um kurz vor sechs Uhr auf. Ich hatte etwas gehört. Ich nahm meine erste Tablette und lauschte. Ein leises mehrstimmiges Piepsen. Zum Glück war ich einigermaßen gut beweglich. Das ist morgens nicht immer der Fall. Ich malte mir aus, was passieren würde, wenn das Piepsen von der nächsten Katze gehört werden würde … Dann war's das mit unseren Küken.

Im Nachtshirt und ohne Schuhe stürmte ich nach draußen, schnappte mir die vorbereitete Box, die mit Heu ausgelegt war, und rannte zur Efeuhecke am Carport. Die Kiessteinchen taten meinen Füßen weh, aber das bemerkte ich nur so am Rande. Auf allen vieren kroch ich so weit wie möglich ins Grünzeug hinein. Dann sah ich sie: Gloria und fünf Küken, die bereits herumliefen. Ein Küken war noch ganz nass und lag nur so da, und Gloria war hin- und hergerissen. Sie wusste nicht, ob sie die anderen Eier weiterbrüten oder sich um die herumlaufenden Kleinen kümmern sollte. Ich überlegte nicht lange, nahm Gloria, setzte sie in die Box und fing ein Küken nach dem anderen ein und schob die kleinen flauschigen Wesen unter das Gefieder der Glucke. Gloria hackte nach mir und fauchte mich wütend an, aber das war mir egal. So schnell ich konnte, brachte ich sie samt

Nachwuchs in den Kükenstall. Das wäre geschafft. Jetzt noch die anderen sechs Eier versorgen. Vorsichtig legte ich die noch verbliebenen Eier in eine flache Kiste und nahm sie mit nach oben. Dort hatte ich die Wärmelampe schon an einen Balken des Hochbettes gehängt. Am Tag zuvor hatte ich bereits ausprobiert, welche Höhe in etwa die richtige Temperatur ergab. Mit der Hand fühlte ich mehrmals nach. Es sollte warm sein, aber nicht zu heiß. In einem meiner schlauen Bücher hatte ich gelesen, dass man nur die schlüpfenden Küken beobachten musste. Versuchten sie sich von der Lampe wegzubewegen, war es zu warm. In einem der Eier war schon ein ordentliches Loch zu sehen, zwei andere waren noch ganz zu und die anderen hatten jeweils mehrere kleine Löcher und Risse. Es war so spannend, dass mich gerade weder das Frühstück noch andere Dinge interessierten. Ich blieb, bis das letzte Küken geschlüpft war. Ich wartete jedes Mal, wenn eins es geschafft hatte, bis es trocken war und anfing, aktiv zu werden. Dann brachte ich es Gloria. Sie sah mich jedes Mal skeptisch an, nahm aber die Küken direkt an und schob sie unter ihr wärmendes Gefieder. Dort wurde es so langsam eng … Zehn waren geschlüpft. Im elften Ei rührte sich nichts. Die Schale war noch komplett verschlossen und so entsorgte ich das Ei. Gloria allerdings hatte wirklich genug zu tun mit ihren zehn Küken.

Was für eine Aufregung am frühen Morgen.

11. Handaufzucht

Wir konnten uns an Glorias großer Kinderschar gar nicht sattsehen. Ich staunte immer wieder, wie es ihr gelang, alle zehn unter ihre Flügel zu schieben. Aber würde das auch noch klappen, wenn die Küken größer wären? Sie wachsen unglaublich schnell und brauchen aber noch eine ganze Weile die Wärme der Glucke. Als ich gerade anfing zu überlegen, wie wir eine Wärmeplatte oder Wärmelampe zum Kükenstall bekommen könnten, rief mich eine Bekannte an. Sie hatte über Instagram die Fotos von den Küken gesehen, und sie und ihre Kinder hatten die Idee, als Projekt ein paar von den Küken abzuholen und per Hand aufzuziehen. Meine Bekannte meinte, sie habe auch recherchiert, und das würde den Tieren nicht schaden. Sie versprach, für genug Wärme und alles Notwendige zu sorgen. Ich hatte kein gutes Gefühl dabei und machte mich auch erst einmal schlau. Doch anscheinend war das für die Küken wirklich kein Problem. Im Gegenteil: Ich las, dass von Hand aufgezogene Hühner später viel zahmer seien als die anderen. Außerdem wäre Gloria auch geholfen, wenn sie ein paar Küken weniger beaufsichtigen müsste. Also stand der Plan. Vier Küken würden in zwei Tagen umziehen und so lange in der anderen Familie bleiben, bis es aufgrund der Größe schwierig werden würde. Zwei schwarze und zwei gelbe Küken suchte ich aus und separierte die vier schon mal in eine Kiste, die ich unter die Wärmelampe stellte. Dann kamen die zukünftigen, hochmotivierten Hühnerpfleger und waren so begeistert vom Anblick der kleinen wuseligen und neugierigen Küken, dass ich mich jetzt auch über das Projekt freuen konnte. Es war gerade für alle Schüler eine schwierige Phase, weil wegen Corona die Schulen für mehrere Wochen geschlossen waren. Nun hatten zumindest diese vier Schüler ein spannendes und niedliches Projekt. Und die Küken wurden verwöhnt und hatten jede Menge Programm und Abwechslung. Aus Lego wurden Küken-Klettergerüste gebaut. Das Futter durften sie aus der Hand der Kinder picken oder es wurde auf Arme und Beine der Kinder gestreut und die Kleinen liefen hin und her, um das Futter zu bekommen. Einmal gab es sogar ein Küken-Kino. Die Leinwand war ein Smartphone und es lief der Film „Die wilden Hühner".

12. Flucht nach vorn

Meine On- und Off-Phasen wurden schlimmer. Im Büro wusste außer meiner Kollegin, die zum Frühstück bei mir gewesen war, niemand Bescheid. Bisher hatte es auch ganz gut funktioniert. Wenn viel zu tun war, merkte ich besonders, dass die guten Phasen nicht lange andauerten, wie ich sie gerne hätte. Dazu kam noch, dass seit einem Chefwechsel das

Arbeitsklima immer schlechter wurde. Der „Neue" versuchte die alten Teams auseinanderzubringen. Teilweise spielte er auf eine gemeine Art und Weise die Leute gegeneinander aus. Jedenfalls wurde ich durch die Arbeit immer genervter, und die Situation stresste mich gewaltig. Was sich natürlich auch nicht gerade positiv auf meinen Gesundheitszustand auswirkte. Vier Monate lang hatte ich die geschriebene Kündigung in der Tasche und musste nur noch das entsprechende Datum eintragen. An einem besonders schlimmen Tag, an dem der Chef mal wieder meinte, allen schlechte Arbeit nachweisen zu müssen, stand ich auf und ging entschlossen mit einem „Jetzt reicht ´s" die Treppe zu seinem Büro hoch. Ich fragte ihn, ob er kurz Zeit hätte. Er sagte, er sei auf dem Sprung, und fragte, wie wichtig es denn wäre. „Ich weiß nicht, wie wichtig es für Sie ist. Für mich ist es sehr wichtig: Ich wollte meine Kündigung abgeben." Ihm blieb fast der Mund offen stehen. Ich genoss diesen Moment in vollen Zügen. Innerlich vollführte ich einen Freudentanz. Einige Tage später fragte er tatsächlich nach dem Grund meiner Kündigung. Das war die Gelegenheit. Ich nannte ihm alle Punkte, die mich vor allem an seinem Verhalten und seinem Umgang mit den Mitarbeitern störten. Sachlich und mit möglichst wenig Emotionen erklärte ich ihm, dass ich für so jemanden nicht mehr arbeiten wollte. Es tat so gut! Abends feierte ich meine Kündigung bei einem Pizzaessen mit meiner Familie. Mein Mittlerer erzählte am nächsten Morgen in der Schule:

„Meine Mama hat gestern ihre Arbeit gekündigt, deshalb waren wir Pizza essen und haben gefeiert." Der Lehrer war etwas irritiert.

Da stand ich nun ohne Job. Was sollte ich tun? Am besten wäre eine Arbeitsstelle, wo ich mir die Zeit frei einteilen konnte. Aber wo gab es denn so etwas? Die Idee, mich selbstständig zu machen, kam mir bei einem Gespräch mit einer Freundin. So ging ich zum Gewerbeamt und meldete ein Kleingewerbe an: „Nellis Hausservice". Ich bestellte Flyer und Visitenkarten bei einer Onlinedruckerei und verteilte diese. Außerdem schaltete ich einige Anzeigen. Ich bot Alltagshilfe, Kleintierbetreuung und Haussitting an und hatte bald einen kleinen Kundenstamm aufgebaut. Von Putzen über Gartenarbeit bis hin zu Keller-Entrümpeln und Tiere-Versorgen war alles an Aufträgen dabei. Ich hatte gut zu tun, kam viel unter Leute und es machte Spaß. Zwei Jahre blieb ich bei dieser Tätigkeit. Dann merkte ich immer mehr, dass mir die körperliche Arbeit immer schwerer fiel. Wenn ich bei meinen Kunden einiges zu tun hatte, fehlte mir die Energie, hier zu Hause alles auf die Reihe zu bekommen. Es war nicht einfach, aber mir war klar, ich musste meinen Job aufgeben. In meiner Selbsthilfegruppe wurde mir geraten, Rente zu beantragen. Ich suchte also eine Rentenberaterin auf und erklärte ihr meine Situation. Die Beraterin war wirklich ein Glücksgriff. Sie kannte sich gut aus, erklärte mir geduldig alles, was ich wissen wollte, und wir füllten gemeinsam den Antrag aus. Dann kam die große Warterei. Immer wieder flatterten neue Schreiben von der Rentenkasse rein und immer wurden weitere Formulare angefordert. Als ich schon fast die Hoffnung aufgegeben hatte, kam wieder Post von der Rentenkasse. Frustriert und mit dem Gedanken „Was wollen die denn jetzt wieder haben?" öffnete ich den Umschlag und las: „Rentenbescheid". Ich las weiter und traute meinen Augen kaum. Die Erwerbsminderungsrente war genehmigt – und zwar unbefristet bis zur Altersrente. Damit hatte ich nicht gerechnet. Und die Nachzahlung ab Antragstellung war auch nicht schlecht. Ich rief meinen Mann an. „Wir können die Handwerker kommen lassen, damit sie anfangen, das Erdgeschoss auszubauen." So begann der nächste Bauabschnitt.

13. Zurück nach Hause

Auch bei den Hühnern dachten wir über ein Bauprojekt nach: Stallvergrößerung. Dank Glorias Mega-Brut hatten wir mit dem Hahn sechzehn Tiere. Nachdem Glorias vier Küken abgeholt worden waren, hatte ich den Eindruck, dass auch sie erleichtert war, nicht mehr ganz so viele von den kleinen quietschfidelen Plüschknäulchen beaufsichtigen zu müssen. In den ersten zwei Wochen liefen ihr die Küken noch ganz brav in einer Reihe hinterher. Wenn sich eines mal ablenken ließ und etwas zurückblieb, kam sofort der Ruf der Glucke und das Kleine eilte, so schnell es ging, wieder zur Mama.

Die Küken wuchsen unheimlich schnell. Bereits nach zehn Tagen waren die Flügelansätze gut zu erkennen. Und damit begannen auch die ersten selbstständigen Ausflüge. Es war doch auch mal interessant zu sehen, was die anderen erwachsenen Hühner so machten, oder mal durch eine kleine Lücke im Zaun zu schlüpfen, wo die Glucke nicht durch passte. Während das neugierige Küken die Gegend außerhalb des geschützten Geheges erkundete, regte sich die Glucke furchtbar auf und lief am Zaun auf und ab. Irgendwann entschloss sich der Ausreißer dann doch mal, auf den mütterlichen Rat zu hören, und kam wieder herein. Dieses Spiel entdeckten die anderen Küken auch schnell und nutzen die Gelegenheit für kleine und größere Ausflüge. Ich sah mir das Theater ein paar Tage an. Dann war mir klar, dass etwas getan werden musste. Ich besorgte engmaschigen Kaninchendraht und jede Menge Kabelbinder (meine bevorzugte Befestigungsmethode) und brachte den Kaninchendraht an der unteren Seite des Geflügelnetzes als zusätzliche Sicherheit an. Am Boden wurde das Ganze dann mit Heringen in der Erde verankert. Zufrieden betrachtete ich mein Werk. „So, ihr kleinen Ausreißer. Jetzt bleibt ihr schön bei der Mama." Ich beobachtete, wie die kleinen und die großen Hühner interessiert das neue Zäunchen begutachteten. Zunächst schien mein Plan zu funktionieren. Die Kleinen blieben drin. Doch es dauerte nicht lange, bis das erste Küken wieder eine Lücke zum Durchkrabbeln fand. Nur, dass es jetzt nicht außerhalb des Geheges herauskam, sondern zwischen dem Geflügelnetz und dem neuen Drahtzaun hängen blieb und verzweifelt piepste. Es kam alleine nicht mehr raus und ich musste es aus der Falle retten. Als Dankeschön hackte die Glucke mir ordentlich mit dem Schnabel in die Hand.

Was ein Küken schafft, machen die anderen bald nach. Die Folge war, dass ich meinen mühsam angebrachten Sicherheitszaun nach wenigen Tagen wieder abmontierte. Jetzt konnten zwar die Küken wieder raus, aber sie kamen bei drohender Gefahr auch schnell wieder in die Sicherheit ihres Geheges.

Nach zwei Monaten steckten die Kleinen voll in der Mauser. Sie bekamen ihre richtigen Federn und der schöne, weiche Kükenflaum verschwand. In dieser Zeit sehen sie aus wie gerupft und man beginnt zu erkennen, welches ein Hahn wird und welches eine Henne. Zwei Hähne waren schon deutlich erkennbar an dem sehr ausgeprägten Kamm, und langsam begannen auch die Schwanzfedern länger zu werden als die der Hennen. Damit hätten wir mit Alessio dann drei Hähne. Ob sie sich wohl bekämpfen würden? Bisher ging in der Herde immer alles recht harmonisch zu. Die vier fremduntergebrachten

Hühner sollten bald zurückkehren und ich war schon sehr gespannt, wie friedlich das wohl ablaufen würde. Wie verabredet, kam meine Bekannte mit ihren Kindern und den ziemlich groß gewordenen Küken an einem späten Nachmittag. Bei den Kindern flossen ein paar Tränchen. Ich glaube, sie hätten die Hühner gern behalten. Ich versprach, regelmäßig Fotos zu schicken, damit sie sehen konnten, wie sich ihre Pflegehühnchen weiter entwickelten. Wir nahmen erst einmal die Heimkehrer aus der Transportbox und setzten sie in den Kükenstall. Neugierig kamen die anderen und betrachteten sie von allen Seiten. Tatsächlich waren die von Hand aufgezogenen Küken weiter in ihrer Entwicklung als die, die bei der Glucke geblieben waren. Schweren Herzens verabschiedeten sich die Hühnerpflegeeltern und machten sich auf den Heimweg. Sobald es dämmerig wurde und die Hühner im Stall verschwanden, holte ich einen Rückkehrer nach dem anderen aus dem kleinen Stall und setzte ihn in den großen um. Mal sehen, was der nächste Morgen bringen würde. Ich rechnete mit Schwierigkeiten und großem Gezeter, doch es blieb ruhig. Ich war extra früh aufgestanden, um die Reaktion der alten Herde auf die Neulinge mitzubekommen. Es war schon auffällig, wie die vier Handzahmen zusammenhielten. Sie saßen zusammen an der Tränke, teilten sich ein Staubbad, wurden aber von den anderen in Ruhe gelassen. Und dass die Handaufzucht etwas gebracht hatte, war nicht zu übersehen. Die

Hühner ließen sich ganz leicht einfangen. Sogar Auf-dem-Arm-Halten und Streicheln waren kein Problem. Ab und zu setzte ich mich ins Gehege und streute mir Futter auf die Beine. Sofort kam unsere Kleeblatt-Bande (so nannten wir die Handzahmen) und lief auf meinen Beinen rauf und runter, um die Futterkörner aufzupicken. Ich genoss die kuschelfreudigen Hühner.

14. Erster Klinikaufenthalt

Lange hatte ich einen stationären Aufenthalt in einer Parkinson-Klinik vermieden. Ich wollte einfach nicht weg von meinem Zuhause. Ich würde alles furchtbar vermissen: die Menschen und die Tiere. Doch irgendwann kam selbst ich an den Punkt, an dem ich einsah, dass sich etwas ändern musste.

Bereits im Sommer 2016 kam es immer wieder vor, dass meine Medikamente nicht mehr so zuverlässig wirkten. Manchmal kamen Überbewegungen und direkt danach ein Off. Also: erst Zappeln und dann gar keine Bewegung mehr. Immer wieder suchte ich meinen Neurologen auf. Die Medikamente wurden angepasst. Niedriger dosiert, dafür mehr Einnahmezeiten. Es war ein reines Glücksspiel und ich hatte das Gefühl, selten normal beweglich zu sein. Entweder drunter oder drüber. Andere Betroffene hatten mir schon gleich zu Anfang den Rat gegeben, mich in einer

Parkinson-Klinik richtig einstellen zu lassen. Gemeinsam mit meinem Mann entschieden wir uns dafür, es zu versuchen. Für Sommer 2018 planten wir meine erste stationäre Einstellung. Meine erste Nacht im Krankenhaus werde ich nicht vergessen. Ich konnte nicht schlafen und mir war vor Aufregung übel. Man könnte sagen, ich fand die Situation zum Kotzen. Dann war ich zwei Tage allein im Quarantänezimmer, weil nicht ausgeschlossen werden konnte, dass ich einen Magen-Darm-Virus hatte. Also gingen die Behandlungen und Umstellungen etwas verspätet los. Die L-Dopa-Medis wurden runtergedrosselt und der Agonist höher dosiert. Außerdem bekam ich die Empfehlung, möglichst bald die THS (Tiefe Hirnstimulation – siehe Erklärungen im Anhang) machen zu lassen. Was mir wirklich weitergeholfen hat, waren Physio- und Ergotherapie. Von der Medikamenteneinstellung ging es mir nach dem Aufenthalt schlechter als vorher. Ich hatte zwar keine Überbewegungen mehr, aber ich war ständig verlangsamt. Kurze Zeit später war ich wieder bei derselben Medikation wie vor dem Klinikaufenthalt. Insgesamt war ich von den zwei Wochen sehr enttäuscht. Das Gute waren die neuen Kontakte, die ich zu anderen Betroffenen geknüpft hatte. Der Sache mit der THS wollte ich allerdings auf den Grund gehen. Um nicht nur eine Meinung zu haben, nahm ich mir in drei Kliniken Termine zur Beratung. In einer davon wollte man mir gleich einen Termin für eine OP geben, während die anderen beiden meinten, es sei noch viel mit

Medikamenten möglich. Letzteres machte mir Mut. Ich wechselte meinen Neurologen und hoffte auf eine bessere Einstellung, die im Alltag funktionierte. Das gelang mal mehr und mal weniger. Jeder Tag war eine Überraschung – eine gute oder eine weniger gute.

15. Wer geht, wer bleibt?

Auch bei den Hühnern gab es eine Überraschung. Leider stellte sich nach einer Weile heraus, dass bei der großen Brut von Gloria insgesamt vier Hähne dabei waren. Zusammen mit unserem Alessio waren es dann fünf Hähne. Bisher hatten sie sich gut vertragen. Nur die armen Hennen taten mir richtig leid. Sie wurden von den Herren ganz schön rangenommen. Manchmal rannten sie weg, sobald sich ein Hahn mit eindeutigem Interesse näherte. Und dann kam das Krähen ...

Wenn junge Hähne mit den ersten Krähversuchen beginnen, klingt das Ergebnis bestenfalls wie das Quietschen einer rostigen Tür. Aber da sind die Hühnerherren hartnäckig. Es wird geübt und noch mehr geübt, bis die Stimme fast völlig versagt. Noch hatten sich keine Nachbarn beschwert, aber ich rechnete täglich damit. Was sollten wir also tun? Niemand wollte Hähne haben. Und schlachten? Ich konnte mir schon vorstellen, die Hähnchen zu essen, aber selbst schlachten? Wohl eher nicht.

Ich telefonierte in der Gegend herum. Ich fragte bei Landwirten und Metzgereien nach, bis ich schließlich bei einem Geflügelhof landete, bei dem man auch als privater Hühnerbesitzer zu bestimmten Terminen Geflügel zum Schlachten bringen konnte. Es war nicht ganz um die Ecke. Mit fast einer Stunde Fahrzeit musste ich rechnen. Bis zum Schlachttermin war noch etwas über eine Woche Zeit. So. Jetzt ging es um die Frage: Wer geht, wer bleibt? Keine leichte Entscheidung. Immerhin ging es dabei um Leben oder Tod. Oder auch leben oder gefressen ... äh ... gegessen werden. Natürlich könnte man sagen, Alessio hat die älteren Rechte und bleibt der Chef der Bande. Allerdings war unser guter Alessio mit der Zeit immer aggressiver geworden. Selbst ich ging nicht mehr mit kurzen Hosen ins Gehege. Sobald ich mich seinen Hennen näherte, ging er auf mich los. Einmal habe ich aus Reflex den Wassereimer über ihm ausgekippt. Daraufhin ließ er mich ein paar Tage in Ruhe und beobachtete mich stattdessen skeptisch aus sicherer Entfernung. Die Frau mit der Dusche war ihm wohl nicht so ganz geheuer. Um eine gute Entscheidung zu treffen, verbrachte ich in den nächsten Tagen viel Zeit bei der Hühnerherde. Je länger ich das Verhalten der Hähne beobachtete, desto mehr fielen mir die Unterschiede auf. Ein Hahn, der einen besonders langen, schmalen Hals hatte (ich nannte ihn Halbgiraffe), war ein richtiger Angsthase. Sobald der alte Hahn in der Nähe war, verschwand er oder duckte sich. Es sah seltsam aus. Er krähte immer als Letztes und schien nicht gerade viel an Selbstbewusstsein zu haben. Der würde unserem Oberhuhn Theresa wahrscheinlich schnell die Chefrolle überlassen. Dann gab es noch einen Hahn, der genauso auf jeden losging wie Alessio. Nur war der neue Hahn hinterhältiger. Er wartete immer, bis ich ihm den Rücken zukehrte, und hackte mir dann seinen Schnabel in die Wade. Er würde schon noch sehen, was er davon hatte. Ich würde die Suppe auf jeden Fall genießen und auf Alessio, Fiesling und Halbgiraffe anstoßen. Zwischen den anderen beiden Hähner konnte ich mich beim besten Willen nicht entscheiden. Sie waren beide lieb und gingen zärtlich mit den Hennen um. Es waren die aus der Handaufzucht. Aber welchen von beiden sollten wir behalten? Schließlich überließ ich es dem Zufall. Wir warteten, bis es fast dunkel war, und gingen dann mit einer Transportbox zum Stall, wo die Hühner schon zusammengekuschelt auf der Stange saßen. Ich begann mit Alessio, der sich am meisten wehrte, dann folgten die anderen beiden, die auf jeden Fall mitsollten – Fiesling und Halbgiraffe. Der Hahn, der zufällig ganz hinten saß, wo ich nicht gut hingreifen konnte, hatte Glück und blieb am Leben. Zur richtigen Zeit am richtigen Ort. Über Nacht stellten wir die Box mit den Hähnen in die Waschküche.

Morgens um halb acht machte ich mich mit meiner Hündin Betty und den Hähnen auf den Weg zum Geflügelhof. Dort meldete ich mich an und hatte dann noch etwa anderthalb Stunden Zeit, bis ich die Hähne küchenfertig wieder abholen konnte. Ich drehte eine lange Runde mit Betty und holte mir in einer Bäckerei noch ein zweites Frühstück. Als ich schließlich die Tüte mit den Hähnchen in der Hand hatte, staunte ich, wie klein und leicht vier Hähne waren. Zum Glück hatte ich vorher schon gelesen, dass die Haut von Zwerghühnern blau-lila schimmert. Sonst hätte ich mich bei dem Anblick mit Sicherheit erschreckt. Mein Mann machte sich zu Hause gleich ans Werk und zauberte eine leckere Hühnersuppe. Das Fleisch war relativ fest, aber trotzdem zart, und die Brühe hatte einen intensiven, guten Geschmack. Selbst die Kinder probierten die Suppe und fanden sie „okay". Unser neuer Hahn bekam den Namen Smittwak. Den Namen hatte eine Figur in einem Theaterstück, in dem unser Jüngster mitgespielt hatte. Er meinte, dieser Name würde königlich klingen. Und so kehrte auch im Hühnergehege wieder der normale Alltag ein. Der königliche Smittwak übernahm wie selbstverständlich die Chef-Rolle.

16. Alltagsgeschichten

Was mit Parkinson schon mal vorkommt …

Ein Parkinson-Patient, der an Überbewegungen leidet, erzählte: „Ich wollte eine bestimmte Tasse aus dem Schrank holen. Das hat ich auch geschafft. Aber alle anderen sind auch mitgekommen." Was soll's? Scherben bringen Glück.

Eines Morgens gehe ich durch den Garten und bleibe plötzlich stehen. Ein Trick, meine Beine wieder ins Laufen zu bekommen, ist mein „Flamingo". Dabei stehe ich auf dem linken Bein und das rechte stelle ich angewinkelt mit der Fußsohle gegen das andere Bein. Da sehe ich, wie meine Nachbarin mich seltsam ansieht. „Guten Morgen, Nelli. Was machst du da?" Meine spontane Antwort: „Yoga."

Stadtbummel mit meiner Schwester. Ich hab ein paar Schuhe gefunden und bin gerade total überbeweglich. Kann einfach nicht stillstehen. Die Schlange an der Kasse ist sehr lang … Stehen geht gar nicht. Ich zappele nur herum. Meine Schwester bietet mir an, für mich anzustehen. Dann könnte ich schon mal nach draußen gehen. Das will ich aber auch nicht. Vor lauter Gezappel werfe ich in einem Reflex den Karton mit den Schuhen in Richtung meiner Schwester. Zum Glück kann sie gut fangen. Natürlich kam zu den Überbewegungen noch das Problem eines Riesen-Lachanfalls dazu. Jetzt waren wirklich alle Blicke auf uns gerichtet.

Ein ganz normaler Tag … Um kurz vor 6 Uhr klingelt mein Tablettenwecker. Ich nehme die ersten Medis und warte die Wirkung ab. Halb sieben bin ich einigermaßen beweglich. Kurz mit dem Hund raus, einen Tee trinken und dafür sorgen, dass die Kids sich für die Schule fertig machen. Noch schnell einen Englischtest unterschreiben, eine Trinkflasche suchen, dem anderen fünf Euro mitgeben für einen Ausflug. Kurz vor acht und ich bin im Off. Es geht nichts. Eigentlich wollte ich die Küche aufräumen, die Hühner versorgen und das Bad putzen. Das muss erst mal warten. Um 9 Uhr nehme ich die nächsten Medis (okay, zehn Minuten hab ich vorgezogen). Eine halbe Stunde später geht wieder was. Im Eiltempo kümmere ich mich um Haushalt und Hühner, zwischendurch ein schnelles Frühstück, noch ein paar Überweisungen erledigen, Zahnarzttermine ausmachen. Um 10:45 Uhr habe ich einen Physiotherapietermin. Geschafft. Und schon folgt die nächste Zwangspause. Um 12:15 Uhr bin ich wieder fit und bereite schon mal das Mittagessen vor. Wäre ich zu dieser Zeit immer noch unbeweglich, hätte ich zum Glück noch ein paar leckere Notfall-Fertiggerichte im Gefrierschrank. Doch heute reicht die Energie für einen Kartoffel-Hack-Auflauf und einen Salat. Zum Nachtisch Bananenshake (die Bananen mussten weg). Nach dem Essen die nächste Hunderunde und dann ab auf meinen Lieblingssessel. Pause. Um 15 Uhr bekommt einer der Jungs Besuch. Die Mutter des Freundes bringt ihr Kind und wundert sich, dass ich nicht an die Tür komme. „Mama kann gerade nicht laufen", erklärt mein Sohn. Zum Glück weiß die Mutter bereits über meine Erkrankung Bescheid. Sie kommt durch ins Wohnzimmer und wir unterhalten uns kurz. Sie fragt noch mal nach, ob das wirklich okay sei mit der Betreuung der beiden Kinder. Ich bestätige das, weil ich weiß, dass mein Mann in einer Stunde nach Hause kommt. Kurz danach klingelt es an der Tür. Im langsamen Humpelgang erreiche ich die Haustür. Eine Nachbarin fragt, ob sie eine Packung Milch haben könne. Ich wackle also in die Küche. Ihr Blick sagt mehr als tausend Worte. Ich gebe ihr die Milchtüte und erkläre: „Bin gerad nicht die schnellste Schnecke ..."

Eigentlich wollte ich mit einem der Jungs los, um Turnschuhe für die Schule zu besorgen. Umgeplant: Mein Mann macht sich mit ihm auf den Weg. Abendessen-Vorbereiten klappt. Wunderbar. Das Besucherkind wird abgeholt und ich kann die Haustür öffnen! Das sind die kleinen Freuden des Alltags. Und es folgt ein Abend ohne weitere Offs. Speedy ist wieder am Start: Gartenpflanzen gießen, Küche aufräumen, Bad putzen ... Das Wäschewaschen übernimmt mein Mann. 20:30 Uhr und ich bin erledigt. Die Kids verschwinden in die Zimmer. Ich bereite noch ein bisschen den morgigen Tag vor und sitze eine Weile mit meinem Mann auf der Terrasse zum Quatschen. Lange halte ich nicht durch. Mein Bett ruft. Schnell noch die Medis für den nächsten Tag einsortieren und „Gute Nacht".

17. Neuer Versuch

Im Sommer 2020 wurden meine Probleme im Alltag wieder schlimmer. Zwischendurch hatte ich tagsüber Off-Zeiten von mehreren Stunden. Aber was wesentlich mehr nervte, waren die Krämpfe, die sich ebenfalls über Stunden hinziehen konnten. Es fing meist bei den Zehen an und zog sich irgendwann bis zur gegenüberliegenden Schulter hoch. Für meine Familie war es kaum zu ertragen, mich so zu sehen. Oft versuchte ich, mich irgendwo zu verstecken, aber das änderte ja auch nichts am Problem. Tabletten, die eigentlich schnell wirken sollten, halfen gar nicht. Schließlich planten wir eine weitere stationäre Neueinstellung der Medikation. Im August 2020 meldete ich mich in einer Parkinson-Klinik an, die mir empfohlen wurde. Was mir den Aufenthalt leichter machte: Ein Mitglied meiner Selbsthilfegruppe war in derselben Zeit dort wie ich. Viele Betroffene, die ich inzwischen kannte, machten einmal im Jahr so eine stationäre Geschichte (Komplexbehandlung) mit. Mir fiel das sauschwer, weil ich einfach ein Gern-zu-Hause-Mensch bin. Meine Medikamente wurden etwas umgestellt (tagsüber kamen zwei Depot-Kapseln dazu als Überbrückung bis zur nächsten Einnahmezeit). Die Zeiten wurden meinem Tagesablauf angepasst, und die

Physiotherapie tat meinem total verspannten Körper richtig gut. Trotzdem wurde ich das Gefühl nicht los, dass mein Magen die Tabletten nicht mehr richtig aufnehmen wollte. Vor allem nachmittags und abends war es so, als würde die Wirkung viel zu spät oder gar nicht einsetzen. Aber die Nächte wurden besser und die Krämpfe sehr viel weniger.

Ich hatte eine sehr nette Zimmernachbarin, und wenn wir kein Programm hatten sind wir manchmal in die nächstgrößere Stadt zum Bummeln oder Eisessen gefahren. Abends saßen wir oft mit einigen Leuten im Gemeinschafts-bereich zum Quatschen. Diesen Erfahrungs-austausch fand ich sehr bereichernd. Ich erinnere mich an einige interessante Begegnungen und gute Gespräche. Hier habe ich ein paar gute Tipps bekommen, wie man das „Stehenbleiben" auflösen kann: 1. Rückwärts geht immer. 2. Hüpfen oder Laufen klappt besser als Gehen.

Außerdem machte ich eine lustige Anmach-Erfahrung.

Nach einer Gruppentherapie blieb ich kurz im Flur stehen, um nachzusehen, was als Nächstes auf dem Programm stand, als ein Herr mich ansprach. „Ich bin interessiert an Ihnen. Wollen Sie einen Wodka mit mir trinken?", fragte er. An seinem ernsten, aber freundlichen Gesichtsausdruck erkannte ich, dass es kein Witz sein sollte.

Ich stellte erst einmal klar, dass ich verheiratet bin und außerdem Wodka auch nicht so mein Getränk sei. Das mit dem Verheiratetsein ignorierte er völlig. Stattdessen wollte er wissen, was ich gern trank und ob ich ein Einzelzimmer hätte. Ich lud ihn daraufhin ein, den Abend mit mir und einigen anderen unten im Gemeinschaftsbereich zu verbringen, wo sich jeden Abend einige Patienten zum Quatschen trafen. Und ich gestand, dass ich eher ein Gläschen Wein bevorzugte statt Bier oder Schnaps. Als ich am Abend nach unten kam, stand an dem Platz, wo ich meistens saß, eine Weinauswahl in kleinen Fläschchen (rot, weiß und rosé) und eine Schachtel Pralinen. Es war mir erst etwas peinlich, aber ich entschloss mich schnell, die Leckereien mit den anderen zu teilen. Ich denke, diese Geste hatte ihm deutlich gezeigt, dass mir nichts an Zweisamkeit mit ihm lag. Na ja, ich musste schon zugeben, dass es mich etwas beeindruckte, welche Mühe er sich gegeben hatte.

18. Anders als geplant

Auch die Zeiten in der Klinik konnte man gut für Unternehmungen nutzen. Vor allem am Wochen-ende, da sowieso weder Anwendungen noch Arztbesuche anstanden. An einem Sonntag war ich mit meiner Zimmerkollegin von der Klinik aus unterwegs zu einem schönen kleinen Café. Nachdem wir ein leckeres Stück Torte und einen guten Kaffee genossen hatten, ging es bei mir los.

Ich konnte kaum laufen. Wir schafften es irgendwie bis zum Auto. Ich nahm eine Madopar LT (schnell wirkend), und sie brachte mir gar nichts. Ich verrenkte Beine und Arme, eine Seite krampfte, die andere zitterte. Eine Stunde verging … Ich bot meiner Begleiterin an, sie könne sich auf meine Kosten ein Taxi zurück zur Klinik nehmen. Sie lehnte ab und meinte nur, sie würde mit mir warten, bis es mir besser ginge. Nach über zwei Stunden riefen wir in der Klinik an, erklärten die Lage und baten darum, dass uns das Abendessen beiseite gestellt wurde. Das war kein Problem. Nach knapp drei Stunden war ich von einem Moment auf den anderen wieder voll beweglich und guter Dinge. Also fuhren wir – einiges später als geplant – zur Klinik zurück. Das waren genau die Überraschungen, die den Alltag so schwer planbar machten. Eine Mitpatientin erzählte mir von dem Apomorphin-PEN (eine Art Spritze – mehr dazu im Anhang), der ihr schnell aus den Off-Zeiten half. Das Spritzen wäre nicht schlimm, meinte sie. Reine Gewohnheit. Ich fragte meine behandelnde Ärztin, ob das auch für mich eine Lösung sein könnte. Sie meinte nur, das würde sie noch nicht so sehen. Ich sei auch noch zu jung und man könnte noch einiges mit Tabletten hinbekommen.

Die letzten Behandlungstage waren überraschend gut. Ich hatte zeitweise sogar Überbewegungen und kaum Offs. Das machte mir Mut. Außerdem bekam ich Tipps für eine für mich passende

Ernährung. Also: viel Rohkost, Vollkornprodukte, Nüsse, viel trinken, wenig Milchprodukte und zwischendurch Wasser mit einem Schuss Bio-Apfelessig trinken. Schmeckte widerlich, aber ich hatte das Gefühl, dass es mir guttat und meine Verdauung in Schwung brachte. Das führte dazu, dass die Medikamente besser wirkten. Mit vielen guten Vorsätzen fuhr ich nach Hause. 1. Regelmäßig meine Dehnübungen machen. 2. Auf die Ernährung achten. 3. Genug trinken. 4. Die Zeiten zwischen Essen und Medis einhalten (1,5 Stunden vor den Medis und eine halbe Stunde danach nichts essen).

Inzwischen denke ich, dass es mir die letzten Tage in der Klinik immer besser geht, weil ich weiß, dass ich bald wieder nach Hause darf. Die Psyche macht ganz schön viel aus. Und die Freude auf mein Zuhause ist nach drei Wochen Klinik riesig.

19. Trauriger Fund

Ich war wieder im Alltag angekommen, und natürlich gibt es immer wieder auch nicht so schöne Tage. Als ich eines Morgens mit Futter und Wasser das Gehege betrat, war irgendetwas anders. Die Hühner kamen zwar in meine Richtung, allerdings zögerlich und ganz ohne das übliche Gegacker. „Na, seid ihr noch müde?", fragte ich und sah in die Runde. Alle Blicke waren auf mich gerichtet und ich zählte erst einmal durch. Oh nein, ein Huhn fehlte! Ich brauchte nur einen kurzen Moment, bis ich darauf kam, welches Huhn nicht da war. Theresa, unser Oberhuhn. Nachdem ich Wasser und Futter aufgefüllt hatte, suchte ich zuerst im Stall und sah außerhalb des Geheges nach. Keine Spur von dem großen, schwarzen Huhn. Jetzt durchsuchte ich das Gehege noch einmal gründlich und erschrak, als ich Theresa tot hinter dem Kükenstall fand. Das arme Huhn. Der Körper war ganz steif. Ich holte mir Handschuhe und einen Karton und drehte Theresa erst einmal auf die Seite, um zu sehen, ob sie eine Verletzung hatte. Ich konnte bei dem Anblick einen kleinen Aufschrei nicht unterdrücken. Es sah so aus, als seien alle Innereien aus ihrem Körper herausgekommen. Ich war nur froh, dass nicht eines der Kinder das Huhn gefunden hatte. Welches Tier könnte so etwas gemacht haben? Vorsichtig legte ich das tote Huhn in die Kiste und drehte es so, dass man nur die unversehrte Seite sah. Wir würden es später alle zusammen im Garten begraben. Dann setzte ich mich an den Laptop, um herauszufinden, wer das unserer Theresa angetan haben könnte. Ich war immer noch fest davon überzeugt, dass sie einem Raubtier zum Opfer gefallen war. Meine Recherche ergab allerdings, dass es ein Legedarmvorfall gewesen sein muss. Das kommt manchmal bei Hühnern vor, die aus Altersgründen so langsam mit dem Legen aufhörten. Es ist so, dass sich dann ein Ei im

Legedarm verdreht. Und das Huhn versucht trotzdem, es mit aller Kraft herauszupressen ... Arme Theresa. Unser Oberhuhn mit dem Wackelgang und dem irren Blick. Ich werde sie vermissen.

20. Das Rätsel der Füße

Die ersten Tage ohne Theresa waren schon komisch. Sie war immer das auffälligste Huhn gewesen. Wenn ich mit besonderen Leckereien wie einem frischen Salatkopf oder einem Eimer voller Kompost ins Gehege kam, war sie zwar nicht die Schnellste, aber die mit dem meisten Körpereinsatz und dem lautesten Gegacker. Jetzt war es ruhiger. Und ich hatte das Gefühl, dass die Hühner sie auch vermissten. Frieda, die ich immer als Theresas beste Freundin bezeichnet hatte, zog sich sogar von der Gruppe zurück. Erst nach ein paar Tagen nahm dann wieder alles seinen gewohnten Lauf.

Einige Wochen vergingen, da bemerkte ich, dass Frieda humpelte. Ich sah mir ihre Füße genauer an und bekam einen Schreck. Bei zwei Zehen war jeweils das erste Zehenglied ganz dünn. Die Haut war rissig und merkwürdig dunkel. Es sah so aus, als würde der Teil vom Zeh absterben. Ich rief meine Tierärztin an und machte einen Termin für Frieda. Auch die Ärztin war ratlos, als sie sich Friedas Füße ansah. Sie meinte, so etwas hätte sie noch nie gesehen. Als sie bei dem einen Zeh das erste Zehenglied in die Hand nahm, brach es einfach ab. Die Stelle darunter war so trocken und fest, dass es noch nicht einmal blutete. Daraufhin knipste sie auch beim zweiten betroffenen Zeh das erste Glied ab. Jetzt konnte Frieda jedenfalls nicht mehr über das herumbaumelnde Zehenglied stolpern und humpelte auch nicht mehr. Zumindest für einige Tage lief sie normal. Dann ging das Humpeln wieder los. Der nächste Zeh war dran … Ich konnte kaum hinsehen. Schließlich hatte sie an jedem Zeh ein Glied weniger als vorher. Ihre Füße wirkten dadurch unnatürlich klein, aber sie lief herum, fraß, trank, scharrte in der Erde und legte weiter fleißig Eier. Anscheinend hatte sie auch keine Schmerzen. Ihre Schritte waren kürzer geworden, aber sie kam gut damit zurecht. So lebte sie nun also auf kleinerem Fuß.

Kleinschrittig ist wieder so ein Ausdruck, bei dem ich an ein Parkinson-Symptom denken muss. Es gibt bei uns Parkis das sogenannte Einfrieren (Freezing) oder auch Stehenbleiben. Das heißt, es geht plötzlich gar nichts mehr. Man schafft es nicht, einen Fuß vor den anderen zu setzen. Kurz davor werden die Schritte auch immer kürzer und das Gangbild unsicherer. Der super Tipp von den Therapeuten lautet: Man muss dagegen ankämpfen und einfach trotzdem große Schritte machen. Und auch richtig mit dem Fuß abrollen. Ach ja, die gerade Haltung dabei nicht vergessen. Das klingt wirklich interessant und auch einleuchtend. Das Problem ist nur, wenn ich keinen Fuß mehr bewegen kann, ist das mit den großen Schritten auch nur eine schöne Vorstellung. In einem Gespräch mit anderen Betroffenen zu dem Thema haben alle mal so ihre Tricks ausgepackt. Eine ältere, kleine rundliche Dame machte uns vor, wie sie in solchen Situationen immer die Arme nach hinten streckte und dann mit einer schnellen Bewegung nach vorne zog und sich so in Schwung brachte. Das sah ziemlich lustig aus. Auf alle Fälle ein Trick, den ich mir merken wollte.

21. Stehen geblieben

Manchmal halfen aber auch gar keine Tricks. Einmal war ich gerade im Baumarkt und suchte ein paar Pflänzchen für unseren Eingangsbereich, als plötzlich nichts mehr ging. Ich hangelte mich am Einkaufswagen entlang bis zu einem Stapel von Säcken mit Blumenerde. Dort setzte ich mich und nahm eine Madopar LT (schnell wirkendes Medikament, das ich immer dabei hatte). Normalerweise tritt die Wirkung nach spätestens zwanzig Minuten ein. Diesmal nicht. Eine Stunde verbrachte ich auf den Säcken mit Erde. Wenn jemand vorbeikam, tat ich so, als wäre ich am Handy mit etwas ganz Wichtigem beschäftigt. Endlich, nach einer Stunde ging es weiter. Die Lust zum Pflanzen-Aussuchen war mir allerdings vergangen.

Ein anderes Mal war ich in der Stadt unterwegs. Ich stand am Geldautomaten, hatte gerade das abgehobene Geld eingesteckt, da war wieder dieser Moment: Meine Beine wollten nicht weiter. Ich klebte fest. Hinter mir eine Reihe von Leuten, die auch an den Automaten wollten. Was sollte ich bloß tun? Kurz entschlossen bat ich den hinter mir Stehenden, mir aus der Bank einen Stuhl zu besorgen. Daraufhin kam sofort ein Mitarbeiter der Bank mit einem Stuhl und der Frage, ob er einen Krankenwagen rufen sollte. Ich verneinte und versuchte, mein Problem zu erklären. So verbrachte ich eine gute halbe Stunde im Foyer einer Bank. Gut sichtbar für alle Passanten, die vorbeigingen. Mich trafen einige sehr merkwürdige Blicke. Ich tat so, als wäre es das Natürlichste der Welt, die Mittagszeit auf einem Stuhl im Schaufenster einer Bank zu verbringen.

22. Wo ist da die Logik?

Noch bevor ich meine Rente beantragt hatte, war ich bei einem Arzt wegen der Feststellung des Behinderungsgrades gewesen. Das Ergebnis waren vierzig Prozent. Zu dem Zeitpunkt arbeitete ich noch halbtags, daher hielt ich das Ergebnis für gerechtfertigt. Etwa zwei Jahre später stellte ich einen Verschlechterungsantrag und bekam erneut einen Arzttermin, um mich untersuchen zu lassen.

Wie es bei dem Lebensbegleiter Parkinson eben so ist, gleicht kein Tag dem anderen. Bei dem Arzttermin war ich so gut drauf, dass ich sowohl die Bewegungsübungen als auch die feinmotorischen Sachen super hinbekam. Keine zwei Stunden später saß ich zu Hause auf meinem Lieblingssessel und es ging gar nichts mehr. Ärgerlich, aber nicht zu ändern. Der Antrag wurde abgelehnt. Die Begründung lautete: Es habe sich in den letzten zwei Jahren nichts an meinem Zustand geändert. Klang wie ein schlechter Scherz, war aber leider ernst gemeint. In der Zwischenzeit war meine Rente bewilligt. Ich nahm Kontakt mit einer Anwältin auf und reichte Widerspruch gegen die Ablehnung ein, den Grad meiner Behinderung höher zu setzen. Dieser wurde erneut abgelehnt. Meine Anwältin riet mir von der Möglichkeit ab, vor das Sozialgericht zu gehen. Ihrer Meinung nach sah es wenig erfolgversprechend aus. Sie meinte, ich sollte es zu einem späteren Zeitpunkt noch einmal versuchen. Überrascht war sie allerdings auch. Es passte einfach nicht zusammen, dass einerseits meine Rente unbefristet bewilligt wurde, aber der Grad der Behinderung angeblich immer noch zu den vierzig Prozent passte. Jeder, dem ich das erzähle, staunt über die Logik, die hinter dem Ganzen nicht steckt. Das ist jetzt schon wieder zwei Jahre her und ich konnte mich bisher nicht zu einem neuen Verschlechterungsantrag überwinden. Irgendwann werde ich es noch mal versuchen …

Mein Fazit: Der Arzt, der meinen Zustand aus irgendeinem Grund begutachten soll, müsste einen ganzen Tag mit mir verbringen. Das schlage ich beim nächsten Mal vor.

23. Eingeschneit

Es hatte geschneit. Unsere Hühner zeigten deutlich, was sie von diesem weißen, kalten Zeug hielten, das in ihrem Gehege herumlag. Sie pickten mit dem Schnabel hinein und schüttelten sich angewidert. Ich sah zwischendurch nach ihnen, auch um warmes Wasser in die Tränken zu füllen, damit diese nicht einfrieren konnten. Die meiste Zeit hielten sie sich unterm Stall auf oder unter den Büschen neben dem Stall, wo es auch einigermaßen trocken war. Der Hahn schien die Enge zu genießen und nutzte die Gelegenheit, die Hühner mit seiner Männlichkeit zu beglücken. Sie konnten ja nicht weit weglaufen. So gegen 16 Uhr war ich noch einmal im Gehege und füllte das Wasser auf, es begann schon dämmrig zu werden. Wahrscheinlich würden die Hühner gleich in den Stall gehen. Mit dem Gefühl von Feierabend ging ich ins Haus, machte ein Feuer im Kamin und telefonierte ausgiebig mit meiner Schwester. Es war bereits nach 20 Uhr, als ich mich für die letzte Hunderunde anzog. Wintermantel, Schal, Mütze, Handschuhe und Stiefel. Es war einige Grad unter null. Als ich mit meiner Hündin Betty am

Hühnerstall vorbeiging, sah ich etwas Merk-würdiges. Das Stalltörchen war natürlich schon zu und direkt davor saß etwas. Ich konnte es im Dunkeln nicht erkennen, aber es war eindeutig größer als ein Huhn. Ein Schauer lief mir über den Rücken. Ich dachte an eine große Katze, vielleicht sogar ein Waschbär? Mist, ich hatte kein Handy mit, um Licht zu machen. Schnell eilte ich zurück und holte eine Taschenlampe. Zur Vorsicht nahm ich auch noch einen dicken Stock mit ins Gehege. Als ich schließlich am Stall war und im Licht erkannte, was da auf der Treppe hockte, erschrak ich. Die gesamte Hühnerbande saß so nah wie möglich beieinander, um sich zu wärmen. Sie waren zum Teil schon mit Schnee bedeckt. So schnell ich konnte, setzte ich eins nach dem anderen in den Stall und strich ihnen vorher den Schnee vom Gefieder. Sie machten leise Gackergeräusche und wehrten sich überhaupt nicht. Als ich den Stall schloss, hoffte und betete ich, dass sie die Nacht überlebten. Ich konnte es mir nur so erklären, dass sie durch den Schnee nicht gemerkt hatten, dass es bereits dunkel wurde. Und die Schließzeit der Stalltür war in dieser Jahreszeit auf etwa 17 Uhr eingestellt.

Am nächsten Morgen erwachte ich schon, bevor der Wecker klingelte. Mit Schlafanzug und Winterjacke eilte ich zum Hühnerstall. Kein Huhn in Sicht. Eigentlich sollte die Tür schon auf sein, dachte ich gerade, als ich plötzlich keinen Halt mehr unter den Füßen hatte und der Länge nach in den Schnee fiel. Es hatte Eisregen gegeben und der verschneite Boden war komplett mit einer Eisschicht bedeckt. Die Tür zum Stall war festgefroren. Doch ich hörte die Hühner schon ungeduldig herumlaufen. Sie meckerten und gackerten quietschfidel herum und fragten sich wahrscheinlich, wann sie endlich hinauskonnten. Ich war erleichtert, dass es ihnen gut ging. Mit einer Kabeltrommel und einem Föhn bewaffnet, kam ich wieder und befreite die Bande aus dem Stall. Na ja, sehr weit gingen sie nicht. Nur unter den Stall, wo kein Schnee lag und der Hahn wieder seinen Tag mit voller Manneskraft beginnen konnte.

24. Das Beste daraus machen

Wenn ich schon so lange in der Klinik bleiben muss, dann möchte ich mich dort auch wohlfühlen. Das habe ich vor allem von einem sehr netten Mitglied unserer Selbsthilfegruppe gelernt. Gerade als ich in der Vorweihnachtszeit dort war, wollte ich es so gemütlich wie möglich haben. Ich nahm weißes Druckerpapier mit, eine Schere und Tesafilm und bastelte erst einmal Papiersterne für die Fenster. Außerdem hatte ich eine Lichterkette und vier kleine Windlichter mit Teelichtern (batteriebetrieben) dabei als Adventskranz. Zusammen mit meinem Adventskalender dekorierte ich das Ganze auf dem Tisch. Als Tischdecke nahm ich weihnachtliche Servietten. Bei einem Ausflug in die nächste Stadt hatte ich viele schöne Postkarten mit witzigen Sprüchen gekauft – bei so etwas kann ich einfach nicht widerstehen. Dazu besorgte ich mir bunte Büroklammern und spannte mit meiner Häkelwolle eine Schnur durch das Zimmer. Daran klammerten wir dann die Karten. Auch meine Zimmerkollegin hatte Spaß dabei. Eine Krankenschwester meinte, es würde gleich gute Laune machen, wenn man unser Zimmer betrat. Jeder, der hereinkam, las erst einmal ein paar Kartensprüche. „Bin grad neben der Spur, ist schön hier" oder „Je größer der Dachschaden, desto besser der Blick auf die Sterne". Besonders mochte ich auch „Denken ist wie Googeln, nur krasser" und „Lächle, das irritiert die Menschen".

Weil ich grundsätzlich abends nach 20 Uhr noch mal so richtig Hunger oder zumindest Lust zum Essen bekomme, hatte ich ein paar Küchen-utensilien dabei. Tupperdosen, Besteck, Schneidebrett, Geschirrtuch, Kräutersalz, Olivenöl und jede Menge Knabberzeug. Meinen Nachtschrank nutzte ich für die Vorräte, und der Balkon war der ideale Kühlschrank. Jeden Abend begann ich, Salat oder Käsewürfel zu schnippeln. Dann machten meine Bettnachbarin und ich uns eine gemütliche Zeit. Wer sagt denn, dass man nicht auch im Krankenhaus ein bisschen Spaß haben kann? An einem Abend haben wir uns so festgequatscht, dass wir die Zeit vergaßen. Als die

Nachtschwester hereinkam, meinte meine Bettnachbarin: „Oh, was? So spät schon? Ich bin noch nicht mal umgezogen und die Nackt-schwester ist schon da." Dieser Versprecher brachte uns alle drei dazu, Tränen zu lachen. Eine andere Zimmerkollegin kannte jemanden, der in Spanien einen Internet-Radiosender hatte. Sie chattete gerade mit ihm und er spielte tatsächlich unsere Wunschlieder mitten in der Nacht. Ich kann kein Spanisch, aber ich verstand doch genug von der Ansage: „… Hospital … Germany … Nelli …" Das war eine schöne Überraschung.

25. Polizeieinsatz

Einige unserer Hühner sind sehr abenteuerlustig und ihre Ausflüge werden immer ausgedehnter. Dazu gehört auch Lotta. Sie ist schwarz und hat goldige Strähnen am Hals. Eine sehr hübsche Henne. Ihre „Zwillingsschwester" Lise sieht genauso aus, doch sie hat einen etwas helleren Kopf. So kann man sie, zumindest wenn man beide zusammen sieht, doch gut unterscheiden. Der erste längere Ausflug von Lotta endete mit dem Ergebnis, dass sie in der Hecke der Nachbarn brütete. Sie hatte es irgendwie geschafft, neun Eier ins Nest zu bekommen, und saß nun im Busch unter einer großen Fichte. Meine Nachbarin wusste Bescheid und meinte, ich könnte das Huhn da liegen lassen und sie würde dafür sorgen, dass es nicht gestört wird. Ein paar Tage tat ich das auch, aber das Risiko, dass ein Kater, Marder oder Fuchs die Glucke dort fand, war mir einfach zu groß. Besonders gut gesichert war das Versteck nicht. Also startete ich eine Nachtaktion. Bei Dunkelheit und mit nur einer kleinen Stirnlampe als Beleuchtung machte ich mich mit einer Transportbox, die ich mit Heu ausgelegt hatte, auf den Weg in Nachbars Garten. Vorsichtig setzte ich Glucke und Eier um und brachte sie in den kleinen Stall. Die Glucke hatte sich kaum gewehrt und ich hoffte, dass sie auf den Eiern sitzen blieb.

Am nächsten Morgen kam dann die große Enttäuschung. Sie hatte alle Eier ganz nach hinten geschoben und erwartete mich mit vorwurfsvollem Gezeter. Schade. Ich ließ die Henne aus dem Stall und entsorgte traurig die angebrüteten Eier.

Einige Wochen später waren mein Mann und ich gerade dabei, die heruntergefallenen Äpfel auf dem Hof aufzusammeln, als ein Polizeiwagen langsam an unserem Grundstück vorbeifuhr. Kurz darauf kam einer der Polizisten auf uns zu und fragte, ob die Hühner in dem Gehege uns gehörten. Ich bejahte die Frage, obwohl mir schleierhaft war, was die Polizei von unseren Hühnern wollte. Dann erzählte der Beamte, es habe ein Nachbar aus der Parallelstraße angerufen, weil ein Huhn mitten auf der Straße herumlaufe und nicht weggehen wolle. Die Autos fuhren um das Tier herum und das Huhn bliebe einfach sitzen.

Ich sah schnell im Gehege nach. Tatsächlich. Ein Huhn fehlte. Ein zweiter Blick und ich wusste: Es war Lotta.

Ich begleitete den Polizisten zu der Stelle, wo Lotta zuletzt gesehen worden war. Sein Kollege hatte dort gewartet und zeigte auf ein dichtes Gebüsch, wo sie sich wohl versteckt hatte. Wir versuchten es mit Teamwork. Einer der Polizisten versuchte das Huhn von der einen Seite zu scheuchen, während der andere Polizist und ich es von der anderen Seite einfangen wollten. Es war nicht so einfach und einige Male gelang es Lotta, an uns vorbei in eine noch dichtere Hecke zu flüchten. Wir kamen ganz schön ins Schwitzen. Aber uns hatte jetzt auch der Ehrgeiz gepackt. Es musste doch möglich sein, zu dritt ein Huhn einzufangen. Schließlich hatten wir es in eine Ecke gedrängt und der Polizist neben mir meinte: „Vielleicht fangen Sie es lieber, so ein Huhn ist ja unberechenbar ..." „Ja", bestätigte ich. „Da sind Verbrecher schon einfacher zu schnappen, oder?" Beide mussten lachen und dann klappte es auch, den kleinen Ausreißer wieder einzufangen. „Den Polizeibericht hätte ich gern gelesen", sagte ich, als die beiden sich wieder in den Streifenwagen setzten, und bedankte mich für die Hilfe.

26. Auf der Flucht

Das Gefühl, irgendwo unbedingt rauszuwollen, kenne ich auch. Es war im November 2020 – mitten in der Coronazeit. Mir ging es so schlecht wie nie zuvor. Ich krampfte fast täglich über mehrere Stunden und hatte das Gefühl, dass die Medikamente gar nicht mehr wirkten. An einem Sonntagnachmittag saß ich mal wieder in meinem Lieblingssessel, verknotete meine Beine und versuchte verzweifelt, eine Position zu finden, die auszuhalten war. Eine Körperhälfte zitterte, die andere krampfte. Meine Atmung und mein Puls schossen in die Höhe und ich befürchtete, ohnmächtig zu werden. Mein Mann musste das mit ansehen, ohne mir irgendwie helfen zu können. Vergeblich versuchten wir eine neurologische Klinik zu finden, die mich aufnehmen konnte. Nichts. Schließlich riefen wir den Rettungsdienst an und schilderten die Lage. Sie brachten mich in eine Klinik in der Nähe. Als ich dort ankam, waren die Krämpfe erst einmal vorbei. Es wurde ein PCR-Test gemacht und ich kam erst einmal auf die Quarantänestation. Ein paar Untersuchungen folgten, die nichts ergaben. Dann sagte man mir, am nächsten Tag würde das Testergebnis vorliegen und dann würde auch ein Neurologe nach mir sehen. „Gut, einen Tag warten ist in Ordnung", dachte ich. In der Nacht krampfte ich wieder heftig und die Schwester rief den Arzt an. Obwohl sie im Flur telefonierte, konnte ich verstehen, was gesprochen wurde. Er meinte, er würde erst kommen, wenn das Testergebnis da wäre. Mir liefen bereits Tränen der Verzweiflung über die Wangen. „Die lassen mich hier sterben", dachte ich nur. Wie jeder Krampf hörte auch dieser irgendwann auf.

Der nächste Tag verging. Es kam weder das Testergebnis noch ein Neurologe. Am Dienstag versprach die Schwester, dass auf jeden Fall der Neurologe kommen würde. Es wurde Abend und meine Geduld war völlig am Ende. So wie ich auch. Tag Nummer vier brachte auch nichts Neues. Jetzt wollte ich nur noch nach Hause. Aber: Das Testergebnis war immer noch nicht da. Ich fragte die Schwester, ob es nicht irgendeine Möglichkeit gebe, legal die Klinik zu verlassen. Entsetzt verneinte sie die Frage. Ich war kurz davor durchzudrehen. Ich wollte nur noch raus. Vier Tage Einzelzimmer, kein Arzt, keine Hilfe. Ich war nur noch ein heulendes Nervenbündel. Kurz entschlossen packte ich meine Sachen und wartete auf den Abend. Die Nachtschwester kam und wünschte mir eine gute Nacht. Ich wartete, bis es im Flur ruhig geworden war, und sah vorsichtig aus der Tür. Zwei Schwestern standen vor einem Zimmer gegenüber der Treppe. Keine Chance zur Flucht. Ein paar Mal überprüfte ich noch den Flur, aber immer war jemand zu sehen. Endlich um 23:00 Uhr war der Flur leer. Jetzt oder nie. Ich nahm meinen Rucksack, zog mir den Einweg-Overall der Schwester an mit Haube und Handschuhen (der war noch in einem Müllsack neben der Tür) und lief so leise wie möglich den Flur entlang. Die beiden Pflegerinnen waren in einem Zimmer am Betten-Beziehen. Ich lief weiter. Die Treppe hinunter zum Ausgang. Geschlossen! Sch… Daneben ein Schild mit einem Pfeil: „Ausgang ab 22 Uhr". Schnell eilte ich in die Richtung und sah den Ausgang. Doch zwei Pfleger standen davor und unterhielten sich. Mit einem „Schönen Abend noch" ging ich möglichst ruhig an ihnen vorbei. Erst an der Straße begann ich zu laufen. Ich rief meinen Mann an und erklärte ihm die verzwickte Lage. Er holte mich mit dem Bulli ab. Er saß vorne, ich ganz hinten. Schließlich hatte ich immer noch kein Testergebnis. Zu Hause packte ich ein paar Lebensmittel ein, nahm meinen Hund mit und fuhr in unsere Bürowohnung. Von dort rief ich die Klinik an und erklärte, dass ich in Sicherheit war und allein und dass ich niemanden gefährdet hätte. Ich würde bereits im ganzen Krankenhaus gesucht, raunzte die Dame am Telefon mich an. Und die Erklärungen könne ich mir sparen, ich würde mich vor dem Gesundheits-amt rechtfertigen müssen. „Dann werde ich aber auch dem Gesundheitsamt mitteilen, was in den letzten vier Tagen gelaufen ist", gab ich zurück.

Am Morgen danach rief ich noch einmal bei der Station an. Von einem netten Pfleger erfuhr ich, dass bei dem Test etwas schiefgelaufen war und kein Ergebnis kommen würde. Ich hob somit meine Quarantäne selbst auf und fuhr nach

Hause. Weder vom Gesundheitsamt noch von der Klinik habe ich je wieder etwas gehört.

27. Verschwunden

Sommerurlaub. Endlich konnte man wieder verreisen. Unser Großer, der schon in der Ausbildung war, übernahm in der Zeit die Hühner und den Kater. Und wir waren unterwegs Richtung Ostsee mit der Hoffnung, schon irgendwo ein Hotel oder eine Ferienwohnung zu finden. Ich verabschiedete mich von der Hühnerbande, die ich nur schwer in andere Hände abgeben konnte. Mit Sack und Pack fuhren wir los und verbrachten die erste Nacht in Bremen. Das Hotel war nicht gerade schön, aber dafür günstig. Bei der Gelegenheit schauten wir uns auch noch einmal die Stadt an, bummelten durch das Schnorrviertel und spazierten an der Weser entlang. Der Weg in Richtung Ostsee ging weiter. Wir fuhren jeden Ort an, klingelten bei jedem Schild „Ferienwohnung frei" und wurden doch immer wieder abgewiesen. Vor allem wegen unserer Hündin Betty. Ich konnte es kaum glauben, dass so ein kleiner und auch noch nicht mal haarender Hund es verhindert, eine Wohnung für eine Woche zu finden. Also fuhren und suchten wir weiter. Zwischendurch rief eine besorgte Nachbarin an. Irgendwas sei bei den Hühnern los. Es habe ein großes Geschrei gegeben und der Hahn sei über die Straße gelaufen. Ich telefonierte mit unserem Haussitter, doch der hatte nichts bemerkt. Er versprach aber, gleich noch einmal bei den Hühnern nachzusehen, ob alles in Ordnung wäre. Wenig später meldete er sich noch einmal und bestätigte, alle Hühner seien friedlich im Gehege. Und ein paar Eier habe er auch noch aus den Nestern geholt. Nur wenig beruhigt rief ich eine andere Nachbarin an, die auch noch einmal rüberging und nichts Verdächtiges feststellen konnte. Durch das Telefon hörte ich das Gackern der Hühner. Aus meiner Sorge heraus bat ich sie, doch einmal durchzuzählen. Mit dem Hahn müssten es elf Tiere sein. Sie zählte zehn. Und noch einmal: zehn. Ich bedankte mich bei ihr und ließ das Thema erst einmal beiseite. Schließlich mussten wir noch eine Unterkunft finden. Das Einzige, was wir fanden, war ein Apartment in Stettin in Polen. Ach du je …

Wir würden also mal Urlaub in Polen machen. Warum auch nicht? Als wir an dem Gebäudekomplex ankamen, wusste ich nicht genau, ob ich lachen oder weinen sollte. Es war ein riesiges Wohnhaus mitten in einem Industriegebiet mit einem McDonald's direkt vor der Tür. Unser Apartment lag in der sechsten Etage, war aber sauber und praktisch eingerichtet. Leider gab es weder Herd noch Backofen, sodass wir wohl die warmen Mahlzeiten außer Haus essen mussten. Na ja, die nächste Möglichkeit war nicht so weit weg.

In den nächsten Tagen erkundeten wir die Stadt und einige Strände in der Umgebung. Wir entdeckten in der Nähe auch ein polnisches

Restaurant, das sehr gemütlich war und wo das Essen frisch und lecker schmeckte. Der Gedanke an die Hühner ließ mich aber nicht los. Unser Sohn zählte auch noch einmal nach und kam ebenfalls auf zehn Hühner. Er wusste aber nicht, welches fehlte. Ich konnte ihm das nicht verübeln, schließlich kannte ich die Hühner am besten. Die Rückreise von Stettin verbanden wir noch mit einer Tagestour nach Berlin. Dann fuhren wir wieder nach Hause. Nach dem Ausladen ging ich natürlich gleich zum Gehege und traute meinen Augen kaum. Ich brauchte nur Sekundenbruchteile, um zu erkennen, welches Huhn fehlte: Es war der Hahn. Smittwak war weg. Am nächsten Tag erzählte mir eine Nachbarin, dass der Hahn und ein paar Hennen außerhalb des Geheges gewesen waren und dann der Bengalkater, der in der Nachbarschaft wohnte und für seinen Jagdtrieb bekannt war, die Hühner gejagt hatte. Sie hätte noch beobachtet, wie der Kater den Hahn verfolgt, aber nicht gesehen, ob er ihn geschnappt hatte. Mir stiegen die Tränen in die Augen. Armer Smittwak. Wir suchten den ganzen Garten ab, fanden aber keine Überreste, Federn oder sonstigen Hinweise auf ein Gewaltverbrechen. Smittwak blieb verschwunden. Und die Tatsache, dass unser Großer nicht gesehen hatte, dass der Hahn fehlt, ist mir bis heute ein Rätsel.

28. Auszeit

Urlaub! Die Kids waren untergebracht und alles war organisiert. Nur mein Mann und ich: eine Woche einfach mal raus. Ich freute mich riesig. Natürlich fuhren wir Richtung Norden. Wir hatten uns einen gemütlich eingerichteten Bauwagen gemietet, in dem wir schon im letzten Jahr ein paar Tage verbracht hatten. Bereits in der ersten Nacht ging bei mir das Krampfen los. Der Apomorphin-PEN half relativ schnell. Der nächste Tag klappte bis auf ein paar kleinere Offs ganz gut. Wir waren in Oldenburg unterwegs und genossen den Tag. Trotz aller Entspannung krampfte ich abends wieder. Eigentlich wollten wir noch eine Weile draußen sitzen. Das ging bei mir gar nicht. Ich überlegte, was ich falsch gemacht haben konnte. Essenszeiten, Einnahmezeiten, Ernährung … hatte ich alles berücksichtigt.

Ausflug nach Wilhelmshaven. Wir machten einen langen Spaziergang am Strand und ließen uns einen leckeren Tee im Strandkorb schmecken. Am Nachmittag fuhren wir noch einmal in den kleinen Ort in der Nähe unserer Unterkunft. Dort war ein schönes kleines Café, wo man herrlich draußen sitzen konnte. Wir tranken Tee und aßen jeder ein ordentliches Stück Kuchen. Lecker! Beim Bummeln wurden wir wieder etwas hungrig. Ein arabisches Restaurant hatte uns neugierig gemacht. Mein Mann bestellte sich ein Fleisch-gericht. Weil ich mich vom Kuchen noch relativ satt fühlte, bestellte ich nur eine Vorspeise:

gebackenen Schafskäse. Trotzdem war die Portion ganz ordentlich. Zurück im Bauwagen ging es schon los mit Krampfen. Auch die Spritze schien nichts zu bringen. Zu viel gegessen? Och Mann, es war aber so lecker!

Abends waren wir bei unseren Vermietern auf ein Glas Rotwein eingeladen. Mein Mann ging schon mal los, während ich ungeduldig auf Besserung wartete. Als es sich einigermaßen wieder in Ordnung anfühlte, ging ich ebenfalls rüber. Die gute Phase dauerte leider nicht lange an. Es ging schon wieder los. Ich erklärte mein Problem, wollte aber gern dableiben. So wie ich es auch zu Hause machte, legte ich mich auf den Boden und verrenkte meine Beine. Zum Glück konnten die beiden ganz gut damit umgehen. Und ich konnte mich trotzdem weiter mit unterhalten. Mal drehte ich mich in die eine Richtung, dann in die andere. Es half alles nicht. Erst nach zwei Stunden hörten die Krämpfe auf. Ich war enttäuscht und sauer. Konnte ich nicht einfach mal einen Urlaub ohne Probleme genießen? Mal einen Abend mit netten Leuten verbringen und mich ganz normal fühlen? Trotz entspannter Stimmung, kinderfreier Zeit mit wenig anstrengenden Aktivitäten ging es mir in der Woche schlechter als zu Hause. Frustriert dachte ich: Urlaub gibt es auch nicht mehr ... Und trotzdem wollte ich es wieder versuchen. In wenigen Wochen hatte ich vor, ein paar Tage mit meiner Schwester an die Nordsee zu fahren, und zwei Wochen später wollten wir als Familie in den

Urlaub nach Holland. Wie das wohl werden würde?

29. Alternativen finden

Die Idee, nicht nur auf die Medikamente zu vertrauen, sondern auch alternative Heilmethoden auszuprobieren, hatte mich schon eine Weile beschäftigt. Eigentlich hat mein Mann mit diesen Überlegungen angefangen, und so begannen wir vor einiger Zeit intensiv zu recherchieren.

Immer wieder waren wir auf die wichtige Rolle des Magen-Darm-Traktes bei Parkinson gekommen. Durch Ernährung und bestimmte Zusatzstoffe hatten viele Parkinsonpatienten gute Erfahrungen gemacht. Außerdem fanden wir heraus, dass es in der Halswirbelsäule sozusagen einen Durchgang für Nährstoffe gibt, die das Gehirn benötigt. Durch Verspannung und Blockaden kann dieser zu eng sein und wichtige Nährstoffe kommen einfach nicht durch. Dabei kam uns gleich der Manualtherapeut in Erinnerung, bei dem ich vor der Diagnose war. Er sagte damals: „Sie sind nicht krank." An diesem Satz hatte ich mich eine ganze Weile fest-geklammert. Als die Diagnose dann gestellt war, bin ich dort nie wieder gewesen. Obwohl ich manchmal dachte, ich müsste ihm mal ordentlich die Meinung sagen, weil er mir falsche Hoffnungen gemacht hatte. Also versuchte ich ihn jetzt zu erreichen. Doch die Arzthelferin teilte mir mit, er selbst sei seit einiger Zeit schon im Ruhestand, ich könne aber gern einen Termin bei einem anderen Kollegen bekommen. Hm, ich wollte noch überlegen ...

Aber ich besorgte mir schon einmal einen Termin bei einem Heilpraktiker, der mir empfohlen wurde, und dieser verordnete mir erst einmal eine Darmsanierung. Ich bekam Helmkraut und einjährigen Beifuß als Tropfen und sollte auf Weizen, Zucker und Milch verzichten. Die Tropfen schmeckten widerlich und der Verzicht auf Zucker war hart, aber ich zog es vier Wochen durch. Okay, an meinem Geburtstag machte ich eine Ausnahme und aß meine Lieblingstorte (Napoleonstorte – eine russische Spezialität und eine wahre Zucker- und Fettbombe). Bereits nach wenigen Tagen der Ernährungsumstellung merkte ich, dass meine Verdauung besser funktionierte. Aber so ganz konnte ich dann doch nicht auf Pizza, Schokolade und Co. verzichten.

30. Kükentausch

Bisher hatte immer nur eine der Hennen die Idee gehabt zu brüten. Aber Ilse und Emma die beiden Unzertrennlichen, fingen gleichzeitig an. Da wir nur einen Kükenstall hatten, trug ich beide Hennen samt den beiden Nestboxen in den kleinen Stall. Für die Zeit des Schlüpfens würde ich mir etwas einfallen lassen müssen. Ein zweiter Kükenstall? Wäre vielleicht sinnvoll.

Die zwei brütenden Mädels zu beobachten, war wirklich interessant. Sie störten sich gegenseitig gar nicht. Im Gegenteil. Ab und zu tauschten sie einfach die Nester und jede brütete eine Weile auf den Eiern der anderen. Ein lustiges Tauschspiel, das fast täglich gespielt wurde. Beide lagen auf je zwei Eiern, und mal wieder warteten wir gespannt auf den 21. Bruttag.

Es war an einem ziemlich verregneten Wochen-ende und trotzdem konnte ich es nicht lassen, mich immer wieder mit einem Regenschirm vor den kleinen Stall zu setzen. Mittags hatte ich endlich Glück und sah das erste schwarz-weiße Köpfchen unter Ilses Federn hervorschauen. Es ist jedes Mal ein toller Moment, und ich sah den Stolz in Ilses Augen. Bei Emma rührte sich noch nichts. Zwei Stunden später sah ich noch einmal nach und war entzückt, ein weiteres kleines hellgelbes Küken bei Ilse zu entdecken. Ich saß noch eine Weile vor dem Stall und sah zu, wie Ilse sich um ihre beiden Küken kümmerte und sie immer wieder in die Wärme ihrer Federn schob. Bei Emma war immer noch nichts zu sehen. Beharrlich blieb sie auf den Eiern sitzen. Am nächsten Tag musste ich zweimal hinschauen, um zu begreifen, was passiert war. Emma und Ilse waren mit jeweils einem Küken unterwegs. Die beiden Eier in Emmas Nest waren immer noch komplett zu. Es war also klar, dass hier nichts mehr schlüpfen würde. So hatten sie sich wohl darauf geeinigt, die Mutterrolle zu teilen. Es war gar kein Problem, beide Glucken mit den Kleinen gemeinsam in einem Stall zu lassen. Streit gab es nicht und abends kuschelten sich alle vier in ein Nest. Ein herrlicher Anblick. Ich war stolz auf das Sozial-verhalten meiner beiden „Mamas".

31. Urlaubsreif

Nordsee, ich komme! Start in den Urlaub. Ich wusste, mein Mann würde sich gut um Hühner und Küken kümmern, während ich weg war. Und es waren ja auch nur vier Tage. Morgens fuhr ich los und holte zunächst meine Schwester ab. Dann ging es weiter an die See. Mir ging es so gut, dass ich die ganze Strecke durchfuhr (zweieinhalb Stunden). Am ersten Tag erkundeten wir die Gegend um unsere Ferienwohnung herum und machten einen Spaziergang am Strand. Bis auf kleine Offs alles super. Am nächsten Tag machten wir uns auf den Weg zu einem ausgiebigen Stadtbummel in Wilhelmshaven. Trotz Wärme und viel Stop-and-go (was manchmal gar nicht gut funktioniert) lief der Tag super. Abends machten wir uns einen gemütlichen Filmabend. Ich war k.o., aber glücklich und dankbar. Und jetzt kommt's: Der nächste Tag wurde die reinste Katastrophe. Bereits morgens hielt das On nur etwa eine Stunde. Lange Off-Zeiten folgten und schon vormittags gesellten sich Krämpfe dazu. Ich tat nichts anderes als an den zwei Tagen davor. Nachmittags fuhren wir an den Strand. Meine Schwester übernahm die Fahrt, weil ich es mir nicht zutraute. Kaum waren wir am Parkplatz angekommen, gingen die Krämpfe los. Im Schatten hinter dem Schiethus probierte ich meine Verrenkungen aus, die manchmal halfen, und wartete. Nach dreißig langen Minuten ging es weiter. Am Strand war das On dann sofort wieder zu Ende. Die Wärme tat auch nicht gerade gut, und im Wasser abkühlen ging auch nicht – Ebbe. Bei mir war auch Ebbe … Wir blieben nicht lange und machten uns bald wieder auf den Weg in die Ferienwohnung. Ein paar Stunden ging es einigermaßen gut. Abends fuhren wir zum Abschluss noch mal an den Strand und genehmigten uns ein Abendessen in einem Lokal mit einer Terrasse, von der aus man einen herrlichen Blick aufs Meer hatte. Natürlich bestellte ich mir leckeren Fisch und achtete trotzdem darauf, dass ich nicht zu viel aß. Trotz aller Bemühungen stellten sich abends noch einmal Krämpfe ein, und weil es nicht schön war, ging es nachts noch einmal los. Am nächsten Morgen wachte ich früh auf und packte direkt meine Sachen – weil ich mir unsicher war, wie lange das On anhalten würde. Es hielt nicht lange an, und den Großteil der Strecke nach Hause fuhr meine Schwester.

So, was lerne ich jetzt daraus? Nichts! Egal, wo ich bin und was ich mache: Es bleibt unberechenbar.

Bleibe ich jetzt für immer in meinen vier Wänden? Nö! Immerhin waren zwei von vier Tagen super. Wie sagt man so schön? Die Chancen stehen 50 : 50.

32. Herr Paula

Durch die Brutfreude unserer Hühner wurde so langsam der Stall zu klein. Also war die Überlegung, entweder anzubauen oder ein paar Hühnchen abzugeben. Genau zum richtigen Zeitpunkt entschieden sich Freunde von uns, auch Hühner zu halten. Sie wollten allerdings keinen Hahn. Das würde in ihrer Nachbarschaft für Missstimmung sorgen. Da war nur die schwierige Entscheidung, welche Hühner umziehen sollten. Ilse und Emma mit ihren beiden Kleinen wollte ich auf jeden Fall behalten. Dann gab es noch Frieda mit den kleinen Füßen. Sie sollte auch bleiben. Von den älteren Hühnern hatten wir noch Gretel und Ina. Sie waren beide gelb-orange gescheckt und eher von der ruhigen Sorte. Die beiden sollten es sein. Unsere Freunde wollten am liebsten eine Vierer-Herde. Da kam mir eine Idee. Auch Gisela hatte inzwischen einmal gebrütet. Leider war von drei Eiern nur ein Küken geschlüpft. Es war bereits am Anfang des Gefiederwechsels und sah nicht gerade hübsch aus. Aber es würde wohl eine Henne werden – zumindest deuteten weder der Kamm noch die Schwanzfedern auf einen Hahn hin. Also, es stand fest: Gisela, ihr Küken, Ina und Gretel würden umziehen. Wieder einmal schlichen mein Mann und ich mit einer Transportbox im Dunkeln zum Stall. Inzwischen hatten wir etwas Übung im Hühner-Einfangen. Nur, diesmal wäre uns fast das Küken entwischt. Es war so klein und sehr flink. Geschafft. Gleich würde die kleine Herde abgeholt werden. Wir gaben noch ein paar Tipps weiter und kamen uns schon ein bisschen wie erfahrene Hühnerhalter vor. Na ja, ein kleines bisschen. Die Hennen behielten sogar ihre Namen und das Küken, das bisher noch keinen Namen hatte, wurde Paula getauft. Einige Wochen vergingen und die neuen Hühnerbesitzer erzählten voller Stolz von den leckeren Eiern, die täglich im Stall zu finden waren, und wie sehr sie sich über die Hühner freuten.

Alles lief wie geplant. Bis auf eine Kleinigkeit: Aus Paula war nun doch ein Paul geworden. Und Paul war wohl einer der ganz musikalischen Sorte, denn er gab sein Krähen fast den ganzen Tag über zum Besten. So kam Paula-Paul wieder zurück. Stattdessen ging jetzt das Küken von Ilse, das inzwischen auch schon groß geworden war, mit auf die Reise. Paul behielt seinen Namen jedoch nicht lange. Er hatte so auffällig große, dunkle Augen, dass wir nicht anders konnten, als ihn Glupschi zu nennen. Glupschi hatte die Angewohnheit, plötzlich aus einer Ecke des Geheges oder hinter der Stalltür aufzutauchen, dass ich jedes Mal einen Schrecken bekam, wenn diese riesigen Augen mich anstarrten. Zum Glück war er kein bisschen aggressiv und fügte sich gut in die Gruppe ein. Sein Krähen klang viel melodischer als das von unserem vorherigen Hahn Smittwak, den vermutlich der Kater aus der Nachbarschaft auf dem Gewissen hatte. Als hätte er einen kleinen Song eingeübt. Während er krähte, hüpfte er immer von einem Fuß auf den anderen. Er war wirklich ein ganz spezieller Hahn, der mich zwar gut erschrecken konnte, aber der mich auch wie sonst kein anderer immer wieder zum Lachen brachte.

33. Auf ein Neues

Ja, ich hatte es durchgezogen und war über ein Jahr in keiner Klinik mehr gewesen. Und das Ergebnis? Meine Medis wirkten so unzuverlässig, dass ich mich kaum noch aus dem Haus traute. Teilweise bereits eine Stunde nach Einnahme ließ die Wirkung nach oder ich begann zu krampfen. Aber wohin sollte ich gehen? Mein Neurologe konnte mir nicht weiterhelfen und in dieselbe Klinik wie vorher wollte ich nicht. Also ging die Internetrecherche los. Ich las jede Menge Bewertungen und informierte mich über unterschiedliche Schwerpunkte der einzelnen Kliniken. Schließlich folgte ich meinem Gefühl bei der Entscheidung und ließ mir einen Termin für eine stationäre Aufnahme in einer Klinik geben, die nicht ganz so weit weg war. Ich sollte sieben bis zehn Tage bleiben – das klang schon viel besser als 21 Tage! Zum Glück ging es mir an dem Aufnahmetag so gut, dass ich mir die einstündige Autofahrt zutraute. So hatte ich für alle Fälle einen Fluchtwagen da …

Ich machte mich mit gemischten Gefühlen auf den Weg. Schon am ersten Tag ging es sofort mit Untersuchungen und zwei Arztgesprächen los. Ich war positiv überrascht, dass sich die Ärzte so viel Zeit nahmen. Wir sprachen einige Möglichkeiten durch, die für mich infrage kamen. Den Apomorphin-PEN (Spritze) hatte ich bereits ambulant ausprobiert und war von der schnellen Wirkung begeistert. Die Frage war, ob ich direkt auf die Apomorphin-Pumpe eingestellt werden sollte – das hatte mein Neurologe empfohlen. Nach den Gesprächen entschied ich mich gegen die Pumpe und bekam den PEN zum Testen. Außerdem wurde das Neupropflaster erhöht. Das Ergebnis davon war allerdings nur, dass das Problem meiner schweren Augenlider schlimmer wurde. Also: Kommando zurück und stattdessen zwei Mal täglich Amantadin als Tablette. Die Einnahmezeiten veränderten wir ebenfalls. Ich fühlte mich bei der Ärztin, die mich betreute, ernst genommen und verstanden. Im Grunde war die Neueinstellung Teamwork. Sie meinte auch, so wäre es optimal. Schließlich musste ich ja nachher mit der Einstellung im Alltag klarkommen. Meine extremen Off- und On-Zeiten wurden weniger, ich schlief die Nächte durch und holte mich mit dem PEN innerhalb von wenigen Minuten aus den

Krämpfen. Nach acht Tagen durfte ich wieder nach Hause, und diesmal ging ich mit einem relativ sicheren und guten Gefühl.

34. Essen oder fasten?

Manchmal habe ich das Gefühl, ich kann mich viel besser bewegen, wenn ich weniger esse. Für die, die mich nicht kennen: Ich bin relativ schlank und Essen ist mein Hobby. Wenn's mir richtig schmeckt, esse ich viel und komme ansonsten aber ganz gut mit Mini-Portionen aus. Durch die Medikamenteneinnahme alle drei Stunden muss ich die Mahlzeiten gut einteilen und es kommt schon mal vor, dass ich eine Essenszeit verpasse. Dann habe ich bei der nächsten Möglichkeit, etwas zu essen, so einen Hunger, dass ich am liebsten drei Portionen verdrücken würde. „Nein, reiß dich zusammen, du Nuss. Sonst bereust du es später", sage ich mir dann. Doch nicht immer höre ich auf mich und oft kommt nach dem Heißhunger ein blödes langes Off.

Außerdem mag ich Lebensmittel, die mir ganz und gar nicht guttun. Vor allem Schokolade und Tiefkühlpizza gehören zu den Dingen, auf die ich ständig Lust habe. Ach ja, und natürlich Käse in allen Variationen. Nicht immer schaffe ich es, mir alles zu verkneifen. Für die Pizza habe ich eine gute Alternative gefunden. Ab und zu (oder auch öfter) backe ich mir eine Art Pizza mit Dinkelmehl. Als Belag nehme ich meistens Tomatenscheiben,

Oliven und Schafskäse oder was sonst so da ist. Bei Süßkram esse ich im Gegensatz zu früher sehr wenig. Ganz darauf zu verzichten, artet erfahrungsgemäß irgendwann zu einer leichten bis mittleren Fressattacke aus. Wenn ich am Tag viel vorhabe, esse ich bewusst wenig. Es funktioniert oft, aber nicht immer. Für einen Hobby-Esser wie mich keine leichte Sache.

35. Der dicke Wurm

Auch für die Hühner ist Essen ein Hobby. Es wurde mal wieder Zeit für ein schönes Leckerchen, hatte ich mir überlegt und schleppte zwei große Eimer Kompost ins Gehege. Das brachte Stimmung in die Bande. Mit lautem Gegacker fielen sie über den Kompost her und scharrten, als ginge es um ihr Leben. Manchmal zeigten sie sich gegenseitig die gefundenen Schätze, bevor sie sie verschlangen. Würmer, Käfer, Maden und viele Kleininsekten, die wir Menschen gar nicht wahrnehmen. Ein Festessen vom Feinsten. Ich setzte mich ins Gras und beobachtete die Hühnerparty. Plötzlich flatterte Glupschi aufgeregt mit den Flügeln und stieß einen seltsamen Laut aus, den ich noch nicht kannte. Ich sah genauer hin und erkannte, dass er einen unglaublich dicken und langen Regenwurm gefunden hatte. Stolz präsentierte er seine Beute. Und schwupp, da hatte Gloria sie ihm vom Schnabel weggeschnappt und lief mit dem Wurm los. Glupschi eilte hinterher, gefolgt vom Rest der Bande. Gloria flatterte auf einen kleinen Strauch, Ilse folgte ihr. Gloria war leicht abgelenkt, das wiederum nutzte Frieda aus und stibitzte den dicken Wurm. Die Jagd ging hin und her. Der Wurm wurde von Schnabel zu Schnabel befördert, bis er nach einer gefühlten Ewigkeit von Emma und Glupschi in zwei Teile gezerrt wurde, und weg war er. Immer noch ganz aufgeregt, wandten sich die Hühner wieder dem Rest des Kompostes zu. Etwa eine Stunde später ging ich noch einmal ins Gehege, um nach Eiern zu sehen. Ich staunte nicht schlecht, denn direkt vor dem Stall lagen zwei dicke, sich windende Wurmteile. Das konnte doch nicht wahr sein. Der Wurm war doch gefressen worden. Oder nicht? So einen ungewöhnlich großen Regenwurm hatte ich noch nie vorher gesehen. Konnte es zufällig zwei in dieser Größe im Kompost geben? Und dann auch noch gleich in zwei Hälften geteilt? Ein bisschen viel Zufall auf einmal, oder?

Ich wurde von Glupschi beobachtet, der gerade hinter der Stallecke hervorlugte und mich mit seinen Kulleraugen fixierte. „Hier, Glupschi", rief ich ihn und zeigte ihm den Leckerbissen. Zögernd kam er näher. Als er aber den Wurm entdeckte, war seine Begeisterung nicht zu bremsen, und alle anderen kamen ebenfalls angestürmt. Und das ganze Spiel ging von vorne los … Diesmal waren die glücklichen Gewinner Gloria und Frieda.

So, jetzt war der Wurm aber endgültig erledigt, dachte ich.

Als ich am nächsten Morgen zum Stall ging, rieb ich mir die Augen und kniff mich zur Sicherheit in den Arm. Nein, ich war wach, und das war kein Traum. Direkt vor der Stalltür schlängelten sich zwei dicke, fette Regenwurmhälften. Ich verstand die Hühnerwelt nicht mehr, ging kopfschüttelnd wieder ins Haus und machte mir erst einmal einen Kaffee.

36. Ein überraschendes Geschenk

Seit Längerem hatte ich schon geplant, eine Freundin in Süddeutschland zu besuchen. Ich buchte also die Zugfahrt und packte möglichst sparsam, damit ich keine Schwierigkeiten beim Umsteigen bekäme. Kurz vor dem ersten Umstieg merkte ich schon, dass ich gleich ins Off rutschen würde. Ich musste aber den Weg zum übernächsten Gleis schaffen. Tief durchatmen und los. Irgendwie kam ich zum passenden Gleis und sah auf der Anzeige, dass mein ICE zwanzig Minuten Verspätung haben würde. Ich fluchte innerlich. Alle Sitzplätze auf dem Bahnsteig waren belegt und so lehnte ich mich an eine Betonsäule und versuchte vergeblich, gegen meine inzwischen krampfenden Beine anzukämpfen. Keiner meiner

Tricks funktionierte so richtig. Ich probierte den Flamingo – auf einem Bein stehen und das andere Bein anwinkeln. Dann hüpfte ich auf einem Bein und machte Kniebeugen. Die Blicke der Leute um mich herum waren sehr interessant. Dann fuhr der ICE ein. Zwischen Humpeln und Hüpfen gelang es mir irgendwie, in den Zug zu steigen. Im Gang hockte ich mich erst einmal auf den Boden. Mein reservierter Sitzplatz war noch zwe Waggons weiter. Ich hatte nicht die leiseste Ahnung, wie ich bis dahin kommen sollte. Einige Passagiere gingen an mir vorbei, wahrscheinlich dachten sie, ich hätte irgendwelche Drogen konsumiert. Als ein Mitarbeiter der Bahn in meine Richtung kam, nutzte ich die Gelegenheit. Ich erklärte ihm, dass ich an Parkinson litt und gerade meine Medikamente nicht wirkten. Sobald es ginge, würde ich zu meinem Sitzplatz gehen. Er war sehr verständnisvoll und bat mich, kurz zu warten. Was anderes blieb mir ja auch nicht übrig. Als er wiederkam, drückte er mir einen kleinen Zusatz für meinen Fahrschein in die Hand und fragte, ob ich es bis zum nächsten Sitzplatz direkt vor mir in der 1. Klasse schaffen würde. Dieses Angebot nahm ich dankbar an. Und so hatte ich für den längsten Abschnitt meiner Reise einen bequemen Platz in der 1. Klasse. Es gibt noch nette Menschen.

37. Versuch Nr. 3

Nachdem Roxy und Theresa gestorben waren, blieben Emma und Ilse als letzte Hühner von unserer Erstbesetzung übrig. Leider verließ uns auch Gloria etwa anderthalb Jahre nach ihrer spektakulären Brut. An einem Morgen kam sie mir schlapp vor und ihr Schwanz hing nach unten. Am nächsten Tag fand ich sie tot im Gehege. Sie war einer meiner Lieblinge und ich war wirklich traurig. Aber so ist das Leben, oder? Sie hatte immerhin ein schönes Hühnerleben gehabt, tröstete ich mich. Gloria, die Graue, war etwas Besonderes gewesen.

Ilse und Emma waren nach wie vor die besten Freundinnen. Man sah sie oft zusammen und leider büxten sie auch oft zusammen aus. Wie Emma das hinbekam, war mir ein Rätsel. Sie konnte ja nicht fliegen. Ich hatte das ganze Geflügelnetz abgesucht, aber keine Lücke gefunden. Ilse schaffte es mit etwas Schwung wieder zurück ins Gehege, doch Emma musste ich jeden Abend einfangen und in Sicherheit bringen. Irgendwann hatte sie den Dreh raus und merkte, dass ich sie immer Richtung Zaun scheuchte, um sie dann einzufangen. Statt dorthin zu laufen, lief sie plötzlich in die Büsche und versteckte sich. Da hatte ich keine Chance, sie zu kriegen. Zwei Nächte ging alles gut und ich war morgens jedes Mal erleichtert, wenn ich Emma wohlbehalten bei den anderen entdeckte. Nach der dritten Nacht in den Büschen blieb sie verschwunden. Das nächste meiner Lieblingshühner, das nicht mehr da war. Auch die Hühnerbande schien um Emma zu trauern. Einige Tage war sie deutlich ruhiger als sonst.

Lotta, die ja bereits einmal versucht hatte zu brüten, war wieder sehr unternehmungslustig geworden. Sie war ab und zu bei den anderen und dann wieder weg. Auch die Nächte verbrachte sie außerhalb des Stalls. Was das zu bedeuten hatte, wusste ich ja schon: Brutzeit.

Warum bloß nutzten die Hühner nicht die Legeboxen zum Brüten? Sie wären so schön in Sicherheit, und im Kükenstall hätten sie ihre Ruhe. Aber nein, unsere freiheitsliebenden Tiere wollten sich ihren Platz selbst aussuchen. Ich suchte den Garten ab, was bei den vielen Büschen und dichten Hecken nicht so einfach war. An einem Nachmittag hatte mir meine Schwiegermutter erzählt, dass ein Huhn ein Ei auf einen Busch neben das Gehege gelegt hatte. Weil der Busch nicht dicht genug war, das Ei zu halten, war es ziemlich weit nach unten gerutscht. Ich schob die Zweige auseinander und versuchte mit einer Hand an das Ei zu kommen. Da sah ich im Busch Lotta sitzen. Mittendrin war ihr Nest. Das Problem war, dass auch unter ihrem Gewicht und dem der Eier die Zweige nachgaben und beides immer weiter nach unten rutschte. Ein Ei war schon fast aus dem Busch gerollt. Da fing Lotta plötzlich an, panisch zu gackern, bewegte sich aber kein bisschen. Zuerst verstand ich nicht, was los war. Dann begriff ich, dass die Arme im Busch feststeckte und allein nicht mehr herauskam. Ich holte also vorsichtig das erschreckte Huhn aus dem Gefängnis aus Ästen und setzte es auf den Boden. Mit lautem Gegacker rannte Lotta eilig zum Gehege, wo sie von allen anderen lautstark begrüßt wurde.

Leider also wieder keine erfolgreiche Brut. Wieder einmal entsorgte ich angebrütete Eier. Diesmal waren es acht.

Nur wenige Tage später verschwand Lotta schon wieder. Bevor ich dazu kam, ihr neues Nest zu suchen, fand es meine Hündin Betty. Wir wollten gerade zum Spaziergang aufbrechen, als sie sehr interessiert an der Hecke zum Hühnergehege schnupperte. Es war nahe an der Stelle, wo Lotta das letzte Mal gebrütet hatte, und ich dachte zunächst, dass da noch ein bisschen Hühnerduft im Busch hing. Aber nein, tatsächlich lag dort ganz und gar regungslos Lotta. Ich hatte mich schon oft gefragt, wie die Hühner es hinbekamen, in wenigen Tagen so viele Eier zu legen und sich dann auch noch zu beraten, wo die neue Sammelstelle sein sollte und wer das Ganze dann ausbrüten würde. Es war doch wirklich eine unglaublich gute Planung.

Auch diesmal wollte ich Lotta unbedingt aus der Gefahrenzone raus und in die Sicherheit des Kükenstalls bringen, aber ich wollte es so schlau anstellen, dass sie weiter brütete. Wir konnten gut etwas Hühnernachwuchs gebrauchen.

Ich hatte einen Plan. Eine der Transportboxen legte ich mit Heu aus und stopfte hinten in die Box so viel Heu, dass vorne noch gerade so Platz für ein Hühnchen war. Ich dachte, wenn ich bei Dunkelheit das Huhn samt Gelege in die Box umsetze, hätte Lotta dann erst einmal keine Chance, woanders zu sitzen als auf den Eiern. Gesagt, getan. Zunächst funktionierte meine Idee. Lotta saß auf den Eiern. Mal sehen, was der nächste Morgen bringen würde. Ich brachte die Box in den Kükenstall und deckte sie mit einer dünnen Decke ab. Am nächsten Morgen nahm ich gespannt die Decke herunter. Lotta blieb sitzen. Sie brütete weiter! Ich fühlte mich wie die Hühnerheldin des Tages! Sofort trug ich mir im Kalender das voraussichtliche Schlupfdatum ein. Und schon wieder hieß es warten …

Endlich war es so weit. Der Termin fiel auf einen Donnerstag und ich ging schon ab Mittwoch wieder regelmäßig zum Kükenstall, um zu sehen, ob schon Küken in Sicht waren. Mittwoch nichts, Donnerstag nichts, Freitag nichts und Samstag nichts. Das konnte doch nicht wahr sein, oder? Drei Versuche zu brüten und endlich eine Brut durchgehalten. Sieben Eier lagen unter Lotta und kein Küken? Ich wartete noch bis Sonntag. Dann nahm ich die Eier aus dem Nest und machte den Wassertest. Man füllt ein Glas halb mit lauwarmem Wasser, stellt das Glas ruhig ab und legt das Ei hinein. Wenn ein Küken kurz vorm Schlüpfen darin ist, bewegt sich die Wasseroberfläche eindeutig. In diesem Fall tat sich gar nichts. Enttäuscht überbrachte ich Lotta die traurige Nachricht. Sie sah mich kurz ernst an und lief dann los, um mit den anderen zu scharren und ein ausgiebiges Staubbad zu nehmen.

38. Unsere Grazien

Nachdem es jetzt mit Nachwuchs immer noch nichts geworden war und dann leider auch noch unser ältestes Huhn Ilse spurlos verschwunden war, überlegte ich, Hühner dazuzukaufen.

Ich stöberte im Internet herum und wurde fündig. In einem Ort, etwa eineinhalb Stunden Autofahrt von uns entfernt, wurden Seidenzwerghühner angeboten. Die hübschen, kuscheligen Hühner waren in Weiß und in verschiedenen Grautönen zu bekommen. Auf das Abenteuer wollte ich mich einlassen. Sollte ich zwischendurch in eine Off-Phase rutschen, wollte ich mir genug Zeit einplanen. Ich verabredete also einen Abholtermin und war schon sehr gespannt auf unsere Neuen.

Nachdem ich mich trotz Navi etwas verfahren hatte, fand ich schließlich den richtigen Hof. Dachte ich jedenfalls. Mein Navi sagte: „Sie haben Ihr Ziel erreicht", als ich vor einem Feld stand. Toll, rechts von mir lag ein Hof und links, etwas weiter weg, noch einer. Ich beschloss, es bei dem näheren Hof zu versuchen. Dort saß ein älterer Herr auf einer Bank und war dabei, Spargel zu schälen. Ich fragte ihn, ob es hier Zwerghühner gäbe. Er erklärte mir freundlich den Weg zum richtigen Geflügelhof, der gar nicht weit entfernt lag. Es wäre der linke Hof gewesen.

Der Sohn des Landwirts (etwa zehn Jahre alt) durfte die Tiere aus dem Stall holen. Der Papa war natürlich mit dabei. Im Stall befanden sich fünfzehn bis zwanzig Seidenzwerghühner. Eines schöner als das andere. „Welche sollen es denn sein?", fragte mich der Junge. „Egal, nimm die, die du zuerst fängst", antwortete ich. Also suchte er drei aus. Es war eine gute Mischung: zwei weiße Hühner – eins davon hatte einen grauen Kopf – und ein hellgraues. Ich war begeistert und machte mich auf den Heimweg.

Zuhause angekommen, stellte ich den dreien Wasser und Futter mit in die Box und ließ sie vorläufig im Carport stehen. Sobald es dunkel war, setzte ich sie zu den anderen in den Stall. Sie wollten aber nicht auf der Stange sitzen, sondern kauerten sich ganz eng aneinander in die Ecke hinter den Legenestern. Ich wartete kurz, aber alles blieb ruhig.

Am nächsten Morgen war ich schon neugierig, was mich wohl erwarten würde. Von den Neuen sah ich nur zwei, die dritte hatte sich noch nicht aus dem Stall getraut. Sie lugte mit ihrem wuscheligen Kopf immer wieder aus der Tür, blieb aber drin. Es dauerte noch ein paar Stunden, bis auch sie draußen war. Die drei bekamen die Namen Lilly, Lisa und Lena. Zwischen den anderen Hühnern wirkten sie sehr elegant und vielleicht auch leicht arrogant. Der Gang hatte etwas von Stolzieren. Dabei bewegten sie den Kopf rhythmisch vor und zurück. Sie waren noch nicht wirklich in die Gruppe integriert. Das sah man vor allem, wenn es was zu futtern gab. Einige der „Alten" meinten wohl, die Neuen müssten erst nach ihnen speisen, und pickten sie immer wieder an. Es wurde aber mit jedem Tag besser. Wenn ich frisches Wasser nachfüllte, waren die drei als Erstes zur Stelle. Draußen im Gehege hatte ich zwei normale Tränken und den Deckel einer Regentonne, den ich auch immer mit Wasser füllte. Diesen Deckel sahen unsere Neuzugänge als ihr Fußbad an. Stolzen Schrittes gingen sie nacheinander hinein, badeten ihre Füße und gingen weiter. Ab jetzt nannte ich sie nur noch unsere Grazien. Auch abends verhielten sich die Grazien nicht gruppenkonform. Sie schienen kleine Partylöwen oder auch Partyhühner zu sein und sahen es gar nicht ein, bei Dämmerung im Stall zu ver-schwinden. In den ersten Tagen waren sie noch draußen, als es fast dunkel und die Stalltür längst zu war. Mir blieb nichts anderes übrig, als sie nacheinander einzufangen und in den Stall zu setzen. Lilly und Lena begriffen dann doch, dass es besser war, selbst hineinzugehen. Selbst-verständlich wesentlich später als die anderen. Nur

Lisa blieb hartnäckig. An einem Abend sah ich wieder, dass Lisa noch nicht im Stall war. Es war fast dunkel und ich suchte das Gehege ab. Meist saßen sie unterm Stall oder unter einem Busch neben dem Kükenstall. Lisa war nicht zu sehen. Als ich gerade aus der Hocke wieder hochkam, um dann doch eine Taschenlampe zu holen, hörte ich direkt neben meinem Ohr ein leises Gurren. Lisa! Sie saß nicht unterm Busch, sondern obendrauf! Eigentlich können Seidenzwerghühner nicht fliegen. Ich habe nicht die geringste Ahnung, wie sie das geschafft hat. Aber Grazien haben eben so ihre Geheimnisse.

39. Urlaub üben

Wir hatten unseren Sommerurlaub geplant, und ich hatte zum Glück jemanden gefunden, der sich um Hühner, Kater und Garten kümmern würde. Mir fiel es wie immer nicht so leicht, die Hühner in fremde Obhut zu geben. Doch eine Woche Holland am Meer in einem wunderschönen und liebevoll eingerichteten Ferienhaus lag vor mir. Schon am ersten Tag ertappte ich mich dabei, wie ich im Off einfach weitermachte. Es musste doch alles ausgeräumt werden und die Betten sollten für abends bezogen sein usw. Wieder mal war ich voll in meiner To-do-Liste. Das rächte sich und am Abend zog ich mich früh ins Zimmer zurück, weil mein rechtes Bein krampfte. Nach der Spritze geht es relativ schnell besser.

Der zweite Tag. Wir hatten Fahrräder ausgeliehen und erkundeten die Gegend. Mein Mann und ich waren auf einem E-Tandem unterwegs, sodass ich nicht immer strampeln musste. An diesem Tag schaffte ich es einigermaßen, meine Off-Zeiten abzuwarten, und es ging mir richtig gut. Auch der dritte Tag lief mit ein paar kleineren Flauten ganz okay. Einen Stadtbummel machte ich mit Betty (meiner Hündin) alleine, während die anderen in einem Indoor-Spielplatz waren. Dann blieb mein Auto liegen – so ein Problem braucht man auch nicht gerade im Urlaub. Viel telefonieren und organisieren, weil ein Teil unserer Reisegruppe an diesem Tag nach Hause aufbrechen wollte. Dazu kamen meine Aufregung und langes Herumstehen in der prallen Sonne, und schon reicht es wieder für ein langes Off mit Krämpfen. Es ist tatsächlich eine tägliche Überraschung. Mal geht es gut, mal gar nicht. Ich war sogar zwei Mal im Meer. Herrlich! Jetzt aber auch ein kleines Geständnis: Ich habe beim Essen nicht so aufgepasst und ziemlich viel Weizen und Zucker zu mir genommen. Also gebe ich mir zum Teil selbst die Schuld an den Flauten. Trotzdem war es auch mal wieder schön, einfach zu essen, worauf ich Lust habe. In drei von sieben Nächten habe ich mich wegen Krämpfen ins Wohnzimmer verkrümelt, um meinen Mann schlafen zu lassen. Er war trotzdem wach und hat mitgelitten. Ich werde das Urlaubmachen wohl noch etwas üben müssen. Aufgeben werde ich jedenfalls noch nicht. Der nächste Urlaub kommt bestimmt.

40. Rettungsaktion

Es war an einem sonnigen Sommermorgen, als ich wie jeden Tag mit Futter und Wasser zu den Hühnern ging. Ich stellte kurz die Eimer ab, um das Netz über der Tür zum Gehege zur Seite zu ziehen, aber es ging nicht. Irgendwo steckte es fest. Ich versuchte es noch einmal. Es war, als würde ein Gewicht dranhängen. Ich sah nach unten und tatsächlich: Etwas lag dort ins Netz eingewickelt und bewegte sich nicht. Ach du Schreck. Es war ein Igel. Der Arme hatte wahrscheinlich verzweifelt versucht, sich zu befreien, und dadurch nur umso fester das Netz um sich gewickelt. Ich versuchte vorsichtig, ihn auszuwickeln. Es ging nicht. Schnell holte ich Handschuhe und eine Schere und schnitt das Netz durch. Es war nicht so einfach, weil es so fest um seinen Körper gewickelt war. Ich wollte ihn auf keinen Fall verletzen. Endlich hatte ich die letzte Masche durchgeschnitten und rollte den Igel aus dem Netz und setzte ihn sachte auf den Boden. Ich war mir nicht sicher, ob er überhaupt noch lebte. Er rührte sich kein Stückchen. Erst als ich einen Schritt zurück ging, kam Leben in den kleinen Kerl. Er streckte sich kurz und wackelte im Eiltempo davon. Unter der Hecke durch und ab ins Gebüsch. Erleichtert versorgte ich erst einmal die Hühner.

Schon am Tag davor war mir aufgefallen, dass Lisa (eine der Grazien) ziemlich schlapp wirkte und oft nur auf einer Stelle stand. Es erinnerte mich an Gloria, die ich dann einen Tag später tot im Gehege fand. Nein, nicht Lisa, dachte ich und rief meine Tierärztin an. Die Kollegin, die sich mit Hühnern gut auskannte, war erst am nächsten Tag wieder da. Ich sollte das Huhn aber erst einmal separieren, falls es etwas Ansteckendes sein sollte. Also setzte ich Lisa mit Futter, Wasser und ein bisschen Salat in den Kükenstall. Abends war sie ganz schlapp und schien kaum noch stehen zu können. Halt durch, Lisa. Leider bestätigten sich meine Befürchtungen und Lisa war am nächsten Morgen nicht mehr am Leben. Ich drehte das kleine leblose Hühnchen auf die Seite und fragte mich, wieso so viele Fliegen um ihre Kloake herumflogen. Ich sah genauer hin und bekam eine Gänsehaut. Es war alles voller Fliegen, Fliegeneier und bereits geschlüpfter Maden. Wie furchtbar war das denn? Nachdem ich Lisa beerdigt hatte, stöberte ich im Internet, was für eine Todesursache das sein könnte und ob es sich um etwas Ansteckendes handelte. Ich las, dass es vor allem in der warmen Jahreszeit vorkommt, dass sich Fliegen schon in einer kleinen Wunde oder einem Kratzer um die Kloake herum setzen und dort ihre Eier ablegen. Wenn ein Huhn auffällig schlapp wirkt, könnte man ihm eventuell noch helfen, indem man es in lauwarmem Wasser badet und den Bereich sauber hält.

Es tat mir so leid für Lisa. Und vielleicht hatte Gloria dasselbe gehabt und ich hätte beide retten können. Aber ich konnte ja auch nicht alles wissen. Doch das tröstete mich nicht. Sollte ich noch ein Huhn sehen, das sich auffällig wenig bewegt, würde ich mir als Erstes seinen Hintern anschauen. Das war mir jetzt klar.

41. L-Dopa-Test

Wieder mal in der Klinik. Diesmal mit der Idee, doch irgendwann die THS (Tiefe Hirnstimulation) in Betracht zu ziehen. Als Überprüfung, ob ich für diesen Eingriff geeignet bin, wurde der L-Dopa-Test durchgeführt. Das heißt zwölf Stunden komplett ohne Medikamente. Abends um 20 Uhr nahm ich die letzte Tablette. Ich schlief unruhig und gegen 4:30 Uhr wachte ich auf, weil ich mich nicht mehr drehen konnte. Kurz darauf krampfte meine linke Körperhälfte, von den Zehen bis zur Schulter. Ich versuchte ruhig zu atmen, verdrehte meine Beine ineinander und suchte nach einer Position, die erträglich war. So ging es weiter bis 7 Uhr. Die Schwestern kamen ins Zimmer und waren erschrocken über meinen Zustand. Aber sie durften mir noch keine Medikamente geben. Ich wechselte immer wieder die Position. Mal Beine strecken, mal verdrehen. Auf den Stuhl, dann wieder ins Bett usw. Meinen beiden Bettnachbarinnen war anzumerken, dass schon das

Zusehen schmerzhaft war. Zwischendurch dachte ich, ich halte es nicht aus, und mir liefen die Tränen übers Gesicht. Endlich um kurz nach halb neun kam die Schwester, die den Test mit mir durchführte, und sagte, ich müsste noch ein paar Übungen machen, bevor ich mein Medikament bekäme. So könne man den Zustand vorher und nachher erst richtig vergleichen. Mich packte die Wut. Mit verbissenem Gesichtsausdruck sagte ich: „Na, klar mache ich Tests. Jetzt erst recht." Schon beim Geradeausgehen stolperte ich gegen Bett und Wand. „Ich brauche keine Hilfe", zischte ich wütend. „Das sieht man doch." Der Versuch, mit der Fingerspitze die Nase zu treffen, ging ebenfalls daneben. Kurz: Es war eine Katastrophe. Dann bekam ich 200 mg Madopar LT und legte mich wieder ins Bett. Zwanzig Minuten später lief ich hüpfend ins Bad, machte mich frisch und zog mich an. Ich genoss die Erleichterung, dass es vorbei war, und ließ mir das Frühstück schmecken. Auch meine Bettnachbarinnen wirkten erleichtert und konnten die Verwandlung kaum fassen. Als die zuständige Schwester wiederkam, staunte sie nicht schlecht. So extrem hatte sie den Effekt noch nie erlebt. Die Tests waren jetzt natürlich alle kein Problem mehr. Trotzdem, die zwölf Stunden ohne Medis werde ich nie vergessen. Schon bei der Erinnerung bekomme ich eine Gänsehaut.

42. Ostern im August

Ab und zu finde ich Eier an den unmöglichsten Orten. Im Gewächs-haus lag schon mal eins, auf dem Parkplatz, vor der Haustür und sogar im Kompost bin ich schon mal fündig geworden. Es ist wie Ostern – zu jeder Jahreszeit. Als wir vor einigen Wochen im Urlaub waren, hat in der Zeit eine Nachbarin das Versorgen der Hühner übernommen. Ich hatte ihr vorher noch versichert, sie würde ganz bestimmt zwei bis drei Eier täglich im Nest finden. Diese könnte sie dann selbstverständlich mitnehmen. Als wir wieder-kamen, erzählte sie mir ganz enttäuscht, dass in der ganzen Woche kein einziges Ei im Nest gelegen hatte. Sie hätte auch schon im Gehege und im Garten gesucht, aber nichts gefunden. Das machte mich allerdings stutzig. Eigentlich konnte es nur bedeuten, dass eine der Hennen wieder angefangen hatte, außerhalb zu brüten

Zunächst suchte ich gründlich den Garten ab. Kein Nest zu sehen. Dann wartete ich, bis die Hühner abends im Stall waren, und sah nach, ob eines fehlte. Volltreffer. Anna, ein orangefarbenes Hühnchen, war nicht mit dabei. Jetzt wusste ich zumindest, nach wem ich Ausschau halten sollte. Am nächsten Tag beobachtete ich immer wieder die Hühnerbande und es dauerte auch nicht lange, da tauchte Anna auf. Sie mischte sich unauffällig unter die anderen und nahm ein ausgiebiges Staubbad. Ungefähr hatte ich gesehen, aus welcher Richtung sie gekommen war. Allerdings waren hier besonders heimtückische Büsche mit Brombeerranken dazwischen. Ich zog mir erst einmal lange Handschuhe und meine Arbeitshose an. So konnten mir die gemeinen Stacheln nicht so schnell etwas anhaben. Auf allen vieren kroch ich neben dem Basketballkorb in die Büsche. Der Boden war mit Efeu und anderem Grünzeug bedeckt. Vorsichtig, um nicht aus Versehen mit den Knien auf den Eiern zu landen, schob ich den Efeu Stück für Stück zur Seite. Ich hatte mich bis zur Hälfte vorgearbeitet, als ich auf das Nest stieß. Ja, da lagen genau die dreizehn Eier, die ich meiner Nachbarin gegönnt hätte. Da hatten sich die Hühner wohl abgesprochen. Sie hatten gemerkt, dass ich nicht da war. Also diejenige, die sonst die Nester draußen abbaut, war weg, und schnell wurde die Gelegenheit genutzt. Schlau, aber nicht schlau genug. Ich versuchte wieder meinen Trick, der bei Lotta das letzte Mal funktioniert hatte. Ich stopfte eine Transportbox so mit Heu aus, dass die Glucke keine andere Möglichkeit hatte, als auf den Eiern zu sitzen. So wartete ich auf die Dämmerung. Inzwischen hatte ich etwas Übung darin, Hühner und Nester umzusetzen. Das dachte ich jedenfalls. Vielleicht war ich deshalb etwas zu siegessicher oder einfach zu ungeschickt. Jedenfalls entwischte mir Anna mit großem Gezeter. Sie flatterte zum Gehege, lief am Zaun auf und ab und machte ein Mordstheater. Ich legte erst einmal die Eier in die Box. Dann machte ich mich daran, das aufgeregte

Huhn einzufangen. Es gelang mir schließlich, Anna aufs Nest zu setzen, doch sie plusterte sich auf, versuchte mit dem Schnabel nach mir zu hacken und wollte sich um nichts in der Welt hinsetzen.

Ich dachte an den Trick mit der Dunkelheit. Noch war es nicht ganz dunkel draußen. Schnell holte ich aus der Waschküche eine dünne Decke und legte sie über die Box. Augenblicklich wurde es ruhig und ich trug Anna mitsamt dem Gelege in den Kükenstall. Wieder einmal hoffte ich, dass sie erfolgreich weiter brüten würde. Am nächsten Morgen landete ich auf dem Boden der Tatsachen. Sobald ich die Decke von der Box gezogen hatte, fing Annas Aufregung von vorne an. Sie plusterte sich auf, schlug mit den Flügeln und machte einen riesigen Krach. Das machte so keinen Sinn. Ich befreite Anna und entsorgte die dreizehn Eier. Das war wohl nichts mit Küken dieses Jahr. Seit wir die Hühner haben, war dieses das erste Jahr ganz ohne Küken. Schade.

43.

Was hätte ich verpasst?

Es gibt Tage, an denen ich nur alles sehe, was ich nicht mehr kann. Dann versuche ich mir selbst vor Augen zu führen, was ich ohne Parkinson im Gepäck alles verpasst hätte. Da sind zunächst einmal die Kontakte zu anderen Betroffenen. Bei jedem Klinikaufenthalt habe ich tolle Menschen kennengelernt. Ich habe den Eindruck, dass wir Parkis alle besondere Begabungen haben. Unter anderem habe ich bereits mehrere Künstler kennengelernt, eine Schriftstellerin, eine Dolmetscherin, einen Kunsttischler und jemanden, der die weltbesten Grillzangen aus Edelstahl herstellt. Wir haben alle ähnliche Geschichten, die uns verbinden. Da kommt man schnell vom Small Talk zu tiefergehenden Gesprächen. Und manchmal entwickeln sich unerwartet aus Klinikbekanntschaften gute Freundschaften. Dabei denke ich besonders an eine MS-Patientin aus meiner ersten Klinikzeit und natürlich meine pferdenärrische, lebensfrohe „Goldnuss" mit einem Cowboy als Mann. Ebenso denke ich, ohne die körperlichen Einschränkungen hätte ich mir nicht so viel Zeit für mich selbst genommen. Ein Wochenende Auszeit habe ich mit meiner Hündin Betty in einer Hütte im Wald verbracht und die Einsamkeit genossen. Weil es mir so gutgetan hat, möchte ich so etwas einmal im Jahr einplanen. Meine Kreativität lebe ich an der Nähmaschine aus oder am Laptop beim Gestalten von T-Shirts. Außerdem habe ich mein altes Hobby, das Schreiben, wiederentdeckt. Schon als Kind habe ich davon geträumt, ein Buch zu schreiben. Mit 45 Jahren habe ich es gemacht. Nein, ich bin jetzt nicht berühmt. Aber ich hab's geschrieben. Jeder Tag ohne lange Offs und ohne Krämpfe ist für mich ein Geschenk. Mein unberechenbarer Lebensbegleiter Parkinson sorgt dafür, dass ich bewusster lebe. Es wird deutlicher, was wirklich zählt: die Menschen an meiner Seite, die mich immer noch so nehmen, wie ich jetzt bin. Ich bin nämlich immer noch ich.

44. Helme für Hühner

Jedes Jahr, wenn es Herbst wird, habe ich Angst um unsere Hühner. Einer unserer beiden Apfelbäume steht im Hühnergehege. Die ersten Äpfel, die herunterfallen, sind noch klein und somit ungefährlich, doch schon bald fallen größere Exemplare runter und zum Teil sehr nah an einem Hühnerkopf vorbei. Bisher ist zum Glück noch nichts passiert. Um den Schwung der fallenden Äpfel etwas abzufangen, versuchten w r zunächst, ein Vogelnetz rund um den Baum zu spannen. Rundherum banden wir das Netz an den Stangen der Gehegebegrenzung fest. Ein paar Tage klappte es gut, einmal am Tag holte ich die Äpfel aus dem Netz. Unsere Idee schien zu funktionieren. Bis ein heftiger Wind eines Nachts so viele Äpfel herunterholte, dass das Netz einige Risse davontrug. Da war nichts mehr zu machen. Es müsste etwas geben, was sich gut spannen ließ und trotzdem stabil war. Eine Gewebeplane war unser nächster Versuch, die Gefahr für die Hühner zu verringern. Weil sie zu schwer war, um sie ganz oben an den Stangen zu befestigen, bauten wir aus einigen Dachlatten Gestelle in der Höhe von etwa einem Meter, die wir am Rand aufstellten. Es sah etwas seltsam aus, aber erfüllte seinen Zweck. Einige neugierige Spaziergänger fragten, warum wir ein Zelt für die Hühner gebaut hätten. Ich erklärte den Zweck des Ganzen und berichtete auch von dem fehlgeschlagenen Versuch mit dem Vogelnetz. Daraufhin hatte einer unserer Nachbarn die ultimative Idee: Wir sollten Helme für die Hühner herstellen. Das wäre mit Sicherheit noch eine attraktive Marktlücke.

Noch etwas brachte dieser Herbst mit sich. Anna, die orangefarbene Henne, war verschwunden. Zunächst dachte ich, sie würde in irgendeiner dichten Hecke brüten, das hatte sie bereits mehrfach versucht. Ich suchte also gründlich den Garten ab, fand aber kein Nest. Immer wieder ging ich zwischendurch zu den Hühnern, um nachzusehen, ob sie zum Fressen auftauchte, so wie sie es sonst auch immer tat. Nichts. Keine Spur von Anna.

Als sie mehr als zehn Tage verschwunden war, gab ich die Hoffnung auf und hörte auch auf, nach ihr zu suchen. An einem sonnigen Herbsttag wollte ich gerade eine Runde mit unserer Hündin Betty und unserm Jüngsten drehen. Über die Hecke warf ich gewohnheitsgemäß einen Blick ins Hühnergehege und traute meinen Augen nicht. Dort stand Anna. Und sie war nicht allein. Eine Kükenschar von zehn Küken lief und piepste um sie herum. Einen knappen Meter neben ihr sah ich den Kater unserer Nachbarn, der schon zum Sprung bereit schien. Die Küken waren durch die Zaunmaschen zum Teil im Gehege, aber die Glucke kam nicht rein. „Schnell", sagte ich zu unserm kleinen Hühnerfreund, „du jagst den Kater weg und ich kümmere mich um das Huhn und die Küken." Gesagt, getan. Erfolgreich und lautstark wurde der Kater verscheucht und ich setzte Anna über den Zaun ins sichere Gehege. Die Küken folgten ihr. Geschafft. Das hätte auch schiefgehen können. Noch einmal suchte ich den Garten nach einem Nest ab, fand aber nichts – irgendwo mussten ja zumindest Reste der Eierschalen liegen.

Es ist mir immer noch ein Rätsel, wo das Nest von Anna gewesen ist. Das wird wohl ihr Geheimnis bleiben. Jedenfalls bringt Anna ihre Freiheitsliebe auch dem Nachwuchs bei. Sie bleibt mit ihrer Kükenschar nicht im Gehege, sondern zeigt den Kleinen den ganzen Garten. Bisher ist alles gut gegangen und alle zehn Küken wachsen und gedeihen prima.

Und ich dachte, wir würden dieses Jahr keinen Hühnernachwuchs mehr bekommen. Das war eine gelungene Überraschung.

45. Nicht von dieser Welt

Gibt es Wunder? Auf diese Frage wird es wohl immer sehr unterschiedliche Antworten geben. Aber ich denke, die meisten werden mir zustimmen, wenn ich sage: Es gibt Dinge, die man nicht erklären kann. Die einen reden von Schicksal, die anderen von Engeln und wieder andere meinen, das Geheimnis in den Sternen zu erkennen. Ich rede von Gott. An ihn glaube ich, seit ich Kind bin. Mit diesem Glauben bin ich aufgewachsen und habe ihn sozusagen mit der Muttermilch in mich aufgenommen. Ein Gott, der die Welt gemacht hat, der sich Liebe, Frieden und gesunde Beziehungen wünscht.

Im Laufe der Zeit hat sich die Art meines Glaubens verändert. Den kindlichen Glauben, bei dem ich einfach alles übernommen habe, was ich von meinen Eltern oder in der Kirche zu hören bekam, begann ich im Teenie-Alter immer mehr zu hinterfragen. Beweise dafür, dass es Gott wirklich gibt und dass er tatsächlich meine Gebete hört, wären toll gewesen. Erklärungen, warum ein allmächtiger Gott, der die ganze Welt gemacht hat, Unglück, Krankheit und Tod zulässt, hätte ich mir ebenfalls gewünscht. Dann hätte ich noch gerne einen schriftlichen Plan für mein Leben gehabt, damit ich keine unnötigen Fehlentscheidungen treffen müsste.

Irgendwann begann ich zu begreifen, dass keiner dieser Wünsche sich erfüllen würde. Deshalb heißt wohl Glaube auch Glaube. Entweder ich glaube an einen Gott und er spielt in meinem Leben mehr als nur eine Rolle, oder ich glaube nicht an ihn. Inzwischen bin ich sehr davon überzeugt, dass jeder Mensch an etwas glaubt oder, sagen wir mal, eine Art von Spiritualität in sich hat. Ein ehemaliger

Arbeitskollege, der Moslem ist, fragte mich einmal, warum ich Christin sei. So richtig konnte ich die Frage nicht beantworten. Er meinte, wären seine Eltern und seine ganze Familie Christen, wäre er wahrscheinlich auch einer. Das leuchtete mir ein. Was ich damit sagen will? Ich glaube an Gott, bete zu ihm und gehe davon aus, dass er mich in meinem Leben begleitet und Gutes mit mir vorhat. Ich glaube allerdings nicht, dass das Christentum der einzig richtige spirituelle Weg für ein Leben mit Gott ist. Dafür ist ER einfach zu groß und zu unfassbar. Jedenfalls hat die Diagnose Parkinson auch meinen Glauben ziemlich erschüttert. Okay, ich dachte schon immer, dass jeder – ob gläubig oder nicht – sein Päckchen im Leben zu tragen hat. Das fette Sperrgut-Paket Parkinson im Alter von 36 Jahren erschien mir jedoch einfach zu groß. Ich ließ mich eine lange Zeit von der Warum-Frage quälen, auf die es natürlich keine Antwort gab. Und ich ließ den Glauben immer mehr aus meinem Alltag ausschleichen, vermied Gespräche zu dem Thema und hielt mich von Kirchen fern.

Das ging über einige Jahre so weiter, bis ich merkte, dass mir etwas Wesentliches im Leben fehlte. Ich vermisste es, mit Gott zu leben, vermisste Gottesdienste und die Vorstellung, mit anderen wieder über Glaubensthemen reden und beten zu können. Kurz: Mir fehlte im Leben die Spiritualität. In dieser Zeit lernten mein Mann und ich eine kleine Freikirche in einem Nachbarort kennen, in der wir uns sofort wohl fühlten. Die

Gottesdienste waren geprägt von Lobpreis und Gebet und nicht so verkopft, wie wir es vorher in vielen Kirchen erlebt hatten. Lobpreis ist nicht nur Lieder-Singen, sondern eine sehr alte Form des Betens, die viel mit Gefühl zu tun hat und die davon ausgeht, dass Gott ganz direkt mit uns redet. Sei es durch Bilder, Worte oder einfach Eindrücke. Der Gedanke, dass Gott auch heute noch Wunder tut, erschien mir plötzlich gar nicht mehr fremd oder abgehoben. Dann kam ein Gottesdienst, in dem ich mich direkt angesprochen fühlte, als hätte mir jemand ins Gesicht gesagt, Gott möchte mich heilen. Auf dem Weg nach Hause hätte ich eigentlich meine Medikamente nehmen sollen. Ich tat es nicht. Und mir ging es gut. Das hielt noch mehrere Stunden an, dann merkte ich leider wieder, dass ich ins Off fiel. Zufall? Oder doch ein Wunder? Da muss wohl jeder für sich selbst eine Antwort finden. Wenn ich die Antwort wüsste, würde ich sie gern hier und jetzt aufschreiben. Ich jedenfalls werde nicht aufhören, an Wunder zu glauben.

46. Zuschauer

In unserm Stadtteil sind unsere Hühner allseits bekannt. Nicht zuletzt wegen unserer musikalischen Hähne. Natürlich ist es immer wieder ein Hingucker, wenn gerade Küken im Gehege unterwegs sind. Aber auch sonst gibt es viele Spaziergänger, die an der Hecke stehen bleiben und eine Weile die Hühner beobachten. Neulich erzählte mir eine ältere Dame, dass sie jede Woche mit ihren Enkeln dort verweilt und er jedes Mal die Hühner durchzählt, um zu prüfen, ob denn noch alle da sind. Manchmal fehlte eins und sie hatte vermutet, dass es dann vielleicht im Stall ist. Ich erzählte ihr, wie freiheitsliebend ein Teil unserer Hühner ist, und berichtete auch von der Polizei-Suchaktion. Sie amüsierte sich köstlich und wollte die Geschichte gleich ihrem Enkel erzählen.

Eine Dame mit ihrem erwachsenen Sohn kommt ebenfalls regelmäßig vorbei. Mit den beiden bin ich auch schon öfter im Gespräch gewesen. Eine Jugendliche mit eindeutigem Handicap fragte einmal, warum die Hühner so klein seien. Sie würde doch hoffen, dass wir ihnen genug Futter geben. Ich erklärte ihr, dass es sich um Zwerghühner handelt und diese immer so klein sind. Sie schien noch skeptisch, aber einigermaßen beruhigt. Als sie das nächste Mal vorbeikam, schenkte ich ihr zwei Eier. Sie lachte laut los, als sie die kleinen Eier sah, und sagte, die würde sie beide auf einmal essen. Seitdem grüßt sie immer sehr freundlich, wenn wir uns sehen.

In unserer Nachbarschaft gibt es eine Kinder-tagespflegegruppe. Die Kleinen sind zwischen einem und drei Jahre alt und oft draußen unterwegs. Auch sie sind regelmäßige Zaungäste am Hühnergehege. Seit einiger Zeit haben sie die Erlaubnis, mit der Tagesmutter auch mal hineinzugehen und den Hühnern mit Sonnen-blumenkernen oder einer Dose Mais eine Freude zu machen. Die Kleinen finden die Hühner spannend und ich glaube, die Hühner mögen sie auch.

Eine andere Nachbarin, die ab und zu Salatreste zu den Hühnern bringt, erzählt ihnen immer Geschichten aus ihrem Leben. Das erste Mal habe ich es zufällig mitbekommen. Ich brachte gerade Kompost raus, als ich ganz in meiner Nähe eine Stimme hörte. Ich weiß, Lauschen ist nicht die feine englische Art, aber ich konnte nicht anders. Außerdem bin ich ja keine Engländerin. Sie erzählte aus ihrer Kindheit und wie sie den Krieg erlebt hatte. Die Hühner schienen aufmerksam zuzuhören. Nachdem sie gegangen war, lag noch ein Nebel von Vergangenheit über dem Gehege. Später habe ich es noch ein paar Mal mit-bekommen, dass den Hühnern Geschichten aus dem Leben erzählt wurden. Aber ich wollte nicht stören und bin jedes Mal schnell wieder verschwunden, ohne zu lauschen. Es bleibt zwischen der Nachbarin und den Hühnern. Sie können sehr diskret sein.

47. Hühnerparty

Nach gefühltem monatelangen Regenwetter endlich mal wieder Sonnenschein und blauer

Himmel. Ich hatte schon ganz vergessen, wie hell es tagsüber sein konnte. Der einzige Nachteil war, dass erst jetzt so richtig auffiel, wie verdreckt unsere Fenster waren. Aber davon ließ ich mich nicht beeindrucken. Heute nicht. Heute wollte ich einfach nur die Sonne genießen. Mit einer frischen Tasse Kaffee setzte ich mich in den Strandkorb, von dem aus ich einen guten Blick auf das Hühnergehege hatte. Puh, der Winterdreck und jede Menge Katzenhaare machten es mir doch etwas ungemütlich. Nein, heute wird nicht geputzt. Eine Picknickdecke drüber und schon wesentlich besser. Die Hühner waren auch aufgedreht. Eindeutige Frühlingsgefühle hatte allerdings nur der Hahn. Er turtelte und tanzte um jede Henne herum, während seine Mädels entweder ganz in die Körperhygiene vertieft waren oder sich im Scharren profilieren wollten.

Anna kam aus dem Stall. Den Hals gestreckt, das Gefieder aufgeplustert, sang sie den Eier-Jubelsong. Aus voller Kehle stimmten die anderen mit ein. Um den Hühnern den Tag noch mehr zu versüßen, brachte ich ihnen eine große Dose Mais mit. Aufgeregt und voller Freude über die überraschende Leckerei liefen sie hin und her und jedes versuchte so viele Körnchen wie möglich abzubekommen. Ich beobachtete die beiden Grazien. Auch sie waren mittendrin im Spektakel und doch wirkten sie immer noch etwas unsicher. So ganz Teil der Gruppe schienen sie immer noch nicht zu sein. Ich holte mir ebenfalls eine Leckerei:

eine Quarktasche, die ich mir am Morgen aus der Bäckerei geholt hatte. Mmmhh … So machte ich einfach mit bei der Hühnerparty. Ein herrlicher fauler Nachmittag war das.

Ich stöberte in ein paar Deko-Zeitschriften herum, als plötzlich eine eindeutige Gefahrenwarnung vom Hahn zu hören war. Ich sah mich nach allen Seiten um, entdeckte aber nichts, was die Aufregung erklärte. Alle Hühner hatten sich dicht um den Hahn herum versammelt und glucksten nervös. Da sah ich eine Bewegung in der Hecke. Es war der Bengalkater aus der Nachbarschaft. Derjenige, der vermutlich unseren Hahn Smittwak auf dem Gewissen hatte. Und ich war mir ganz sicher, dass er auch hinter dem Verschwinden der Hühner Emma und Ilse steckte. Na gut, beweisen konnte ich es nicht. Aber scheiß auf die Unschuldsvermutung. Ich wollte Rache und hatte auch schon eine Idee. Aus unserem Draußen-Spielzeug-Schrank holte ich eine Wasserpistole, füllte sie in der Regentonne auf und behielt die Hecke im Blick, wo ich den Kater gerade noch gesehen hatte. Da, er hatte sich sogar noch näher herangeschlichen. Ich drückte ab. Ein schnurgerader scharfer Wasserstrahl erwischte ihn am Kopf. Mit einem Aufheulen machte er kehrt und drehte mir für einen Moment seinen Hintern zu. Der Schwanz war hoch aufgerichtet. Dieser Moment reichte, um den nächsten Wasserstrahl direkt auf seinen After zu richten. Das Geheule, das jetzt folgte, hörte sich wirklich jämmerlich an.

Er floh, so schnell er konnte. Ich grinste zufrieden. Den waren wir los. Die Hühner vollführten einen regelrechten Freudentanz, und ich tanzte mit.

48. Fast schwerelos

Ich habe es gewagt und mir einen Termin bei dem Manualtherapeuten besorgt, der mir vor meiner Diagnose gesagt hat, ich sei nicht krank. Also, der Termin war bei einem Kollegen, da der Therapeut von damals sich bereits seit einigen Jahren im Ruhestand befindet. Der Arzt nahm sich viel Zeit für das Vorgespräch. Ich berichtete von meinen Erfahrungen der letzten Jahre und er stellte viele Fragen. Er bestätigte mir, dass ich mit der ganzheitlichen Behandlung auf einem guten Weg sei. Nur so, meinte er, könne man die Symptome möglichst gering halten und die Lebensqualität erhalten bzw. verbessern. Das heißt im Grunde: die Ernährung optimieren, wie es mir mein Heilpraktiker gesagt hat, für Entspannung sorgen und Stress vermeiden (keine Ahnung, wie das gehen soll) und den Körper blockadefrei und beweglich halten. Und natürlich die Medikation immer wieder anpassen. Es könnte sein, dass ich weniger Medikamente bräuchte, wenn der Rest stimmt.

Nach dem Gespräch ging es dann ans Eingemachte. Ich kann nicht behaupten, dass die Behandlung entspannend war und auch nicht schmerzfrei. Besonders als es an die Blockaden in

Kiefer und Halswirbelsäule ging. Aber als ich die Praxis verließ, fühlte ich mich wie auf Wolken. Nach der Behandlung war ich drei Tage so gut wie schmerzfrei. Die Beweglichkeit war wesentlich besser und es kamen keine Krämpfe. Danach begannen die Schmerzen in der Hüfte. Am siebten Tag zogen die Schmerzen dann in Nacken, Schulter und Rücken (LWS). Das erste Mal gekrampft habe ich nach der Behandlung erst an Tag vierzehn und da auch nur zwanzig Minuten. Wie üblich zog sich der Krampf vom rechten Fuß bis zur rechten Schulter. Die bessere Beweglichkeit merkte ich bis etwa vier Wochen nach dem Termin. In den ersten zehn Tagen hatte ich zwei-, dreimal am Tag das Gefühl, ich könnte meinen Kopf nicht halten – als wären Hals und Nacken damit überfordert. Dann legte ich mich ruhig hin oder setzte mich so hin, dass ich den Kopf irgendwo anlehnen konnte. Nach wenigen Minuten war das Gefühl weg.

Insgesamt ging es mir nach dieser Behandlung und mit meiner Ernährungsumstellung (ich verzichtete weiterhin weitestgehend auf Zucker, Milch und Weizen) wesentlich besser als vorher. Ich hatte mehr Energie, schlief besser und hatte viel seltener Krämpfe. Inzwischen sind sechs Wochen vergangen und die Wirkung lässt spürbar nach. Krämpfe kommen wieder öfter vor und die On-Zeiten werden kürzer. Auf jeden Fall werde ich mir einen weiteren Termin dort genehmigen: Diese Verbesserung will ich noch mal!

49. Frust, lass nach

Seit über zehn Jahren lebe ich jetzt schon mit Parkinson im Gepäck. Natürlich weiß ich, dass es sich hierbei um eine nicht heilbare und stetig fortschreitende Erkrankung handelt. Manchmal versuche ich es einfach zu vergessen. Aber es dauert nicht lange, bis mich mein Begleiter Parki daran erinnert, dass er immer noch da ist.

Also gut. Es ist ja schön und erstrebenswert, eine positive Lebenseinstellung zu haben. Aber mal ehrlich, wer kennt sie nicht? Diese Tage, an denen man sich am liebsten in ein Loch verkriechen will oder einfach nur die Decke über den Kopf ziehen und warten. Worauf? Dass irgendwie alles besser wird. Manchmal wehre ich mich gegen solche negativen Gefühle. Doch ab und zu gebe ich ihnen auch bewusst Raum. Dann sitze ich oben am Fenster und sehe Leute vorbeigehen – mit oder ohne Hund. Gelassen und langsam oder gehetzt in Richtung Bushaltestelle laufend. Ich beneide sie, denn ich gehe davon aus, dass sie nicht darüber nachdenken müssen, ob sie in einer halben Stunde immer noch laufen können. Vielleicht denken sie, ihr Alltag sei stressig und mühsam. Dann stelle ich mir vor, einen Tag mit ihnen zu tauschen.

Wohin mit dem Frust? Ich fange an, etwas zu tun, und muss gleich schon wieder aufhören und das nächste Off abwarten. Lasse mir genüsslich ein Bad mit Frust ein und tauche darin ein. Gebe mich voll und ganz den unsinnigen Gedanken und Fragen hin. Warum hat es mich erwischt? Wieso so früh? Was hab ich falsch gemacht? Der Frust steht mir buchstäblich bis zum Hals. Einmal Luft holen und wieder abtauchen in die dunklen Tiefen meines Selbstmitleids. Jeder hat sein Päckchen zu tragen, ich weiß. Aber ich hab doch kein Sperrgut bestellt. Wie soll ich das denn schleppen? Hallo?? Hört mich jemand? Will nicht einer mit mir tauschen? Ich muss über die Vorstellung lachen, dass sich jemand zum Tausch bereiterklärt, mein Sperrgut nimmt und mir ein kleines XS-Päckchen in der Größe einer Pralinenschachtel gibt. Klasse. Danke.

Ich tauche wieder auf. Zieh den Stopfen und lasse das Frustwasser ablaufen. Die Reste vom Selbstmitleid lassen sich leicht abduschen. Ich bin wieder da. Zu neuen Taten bereit. Man kann ja nicht ewig im Frust baden. Dann wird die Haut so schrumpelig.

50. Unsere tierischen Familienmitglieder

Ein Leben so ganz ohne Tiere kann ich mir beim besten Willen nicht vorstellen. Obwohl mich unser fünfzehn Jahre alter Kater manchmal furchtbar nervt und ich auch nicht immer Lust habe, Gassi zu gehen oder den Hühnerstall zu putzen, liebe ich unsere Tiere von ganzem Herzen. Der Kater, der kaum noch etwas hört, ist gefühlt alle zwei Minuten am Rumbrüllen. Nein, er miaut nicht und er maunzt auch nicht. Es ist mein Ernst: Er brüllt. Er schreit jeden an, der ihm in die Quere kommt. Egal, ob er gerade etwas zu essen bekommen hat oder nicht. Es gibt keinen ersichtlichen Grund für sein Geschrei. Und immer, wenn ich dann sauer werde, denke ich an dieses kleine schwarze Wesen mit den riesigen grünen Augen, das unser Großer und ich vor fünfzehn Jahren aus dem Tierheim geholt haben. Er hat zwei Umzüge mitgemacht, hat uns jahrelang in den Urlaub auf dem Campingplatz begleitet. Unzählige Mäuse und einige Ratten und Vögel hat er uns treu als Liebesbeweise vor die Tür gelegt. Einen Autounfall hat er knapp überlebt und er war drei Tage versehentlich in einem Keller eingesperrt. Nein, richtig sauer konnte ich nicht auf ihn sein. Wer weiß, welche seltsamen Allüren ich im Alter entwickle. Da würde ich mir auch wünschen, dass meine Familie mich mit meinen Macken akzeptiert. Dabei habe ich jetzt schon so einige – wie viel mehr kann da noch kommen? Übers Alter hab ich einen schönen Spruch gelesen: „Wenn ich alt bin, möchte ich nicht jung aussehen, sondern glücklich." Ich denke, der Kater hat trotz allem noch Spaß am Leben. Auf jeden Fall hat er eine Menge Freude beim Essen. Das sieht man auf den ersten Blick.

Unsere Hündin Betty ist verrückt nach dem schwarzen Katzentier. Sie ist erst drei Jahre alt und versucht immer wieder, den Katzen-Opa zum Spielen zu animieren. Das klappt natürlich nicht besonders gut. Aber dann fängt sie an, die Ohren des Katers auszuschlecken. Sehr intensiv wird da bis weit in den Gehörgang alles gereinigt. Und komischerweise hält der Kater es lange durch. Nur ab und zu treibt es Betty so weit, dass Momo ihr mit einem leichten Pfotenhieb Bescheid gibt, dass es so langsam reicht.

Die beiden liegen oft nebeneinander auf der Terrasse. Als ich Betty zum zweiten Geburtstag einen flauschigen rosafarbenen Hundeplatz geschenkt habe, war Momo der Erste, der ihn ausprobiert und für gut befunden hat. Ich besorgte also einen zweiten Platz der gleichen Sorte, und so liegen die beiden auch drinnen immer nah beieinander. Nichts entspannt mich mehr als ruhig vor sich hin dösende Tiere um mich herum.

Momo ist mit unserem ersten Hund Benny gemeinsam aufgewachsen. Benny war ein schokobrauner Labrador mit bernsteinfarbenen Augen. Auch ihn haben wir als Welpen bekommen, und etwa ein Jahr später kamen die beiden Kater Melvin und Momo dazu. Wir waren gespannt, wie Benny auf die neuen Mitbewohner reagieren würde. Er liebte die beiden auf Anhieb und hatte in den ersten paar Tagen ständig die Nase in der Nähe eines Katzenpopos. Die drei entwickelten sich als super Team. Wenn beispielsweise eine

Milchpackung versehentlich auf der Arbeitsplatte stehen blieb, maunzten die Kater so lange, bis Benny kam, dann warfen sie die Packung auf den Boden, damit Benny sie aufbeißen konnte. Und schließlich schleckten sie gemeinsam die Milch vom Boden. Wenn ich sie dabei erwischte, guckten sie so unschuldig, wie es eben geht. Außerdem schaute sich Melvin das Bällchen-Apportieren von Benny ab. Bald war er sogar schneller als der Hund. Wir waren froh, dass die drei so gut miteinander klarkamen. Besonders Momo entwickelte eine tolle Freundschaft zu Benny. Wenn Benny sich nach einem langen Spaziergang auf sein Kissen legte, kam Momo und fing an, ihn von Kopf bis Fuß abzulecken. Wenn er dann fertig war, legte er sich zu Benny und kuschelte sich fest an ihn, sodass man nicht genau sah, wo das braune Fell endete und das schwarze anfing. Als Benny mit knapp dreizehn Jahren eingeschläfert werden musste, litt der Kater sehr. Immer wieder legte er sich an die Stelle, wo der Hundeplatz gewesen war, obwohl wir den Platz dort schon am ersten Tag nach Bennys Abschied weggeräumt hatten. Mir ging es ähnlich. Wenn ich morgens aus dem Schlafzimmer kam, ging der erste Blick immer zu Bennys Platz. Er lag direkt gegenüber von der Tür des Schlafzimmers. Es dauerte eine ganze Weile, bis ich morgens ohne Tränen in den Augen aus der Tür ging.

Es wurde schnell klar, dass ein Leben ohne Hund für uns nicht in Frage kam. Allerdings wollten wir keinen Hund, der uns zu sehr an unseren Benny erinnerte. So machten wir uns Gedanken, was anders sein könnte. Eine kleine Rasse und ein Weibchen wäre ja schon mal ein Anfang. So kam Betty zu uns. Mit ihren zehn Wochen war sie nicht wesentlich größer als ein Meerschweinchen. Sie lag auf der Fahrt nach Hause in meinem Arm und jaulte bei jeder Kurve jämmerlich. Irgendwann wurde sie ruhiger, aber Autofahren mag sie immer noch nicht. Das Gegenteil von Benny ist sie auf jeden Fall. Er war die Ruhe selbst; auch wenn wir ihn allein in der Wohnung oder im Auto ließen, wartete er ruhig und geduldig, bis wir wiederkamen. Betty spielt verrückt und tobt durch das ganze Auto, auch wenn ich nur kurz Brötchen beim Bäcker hole. Sie ist unruhig und ängstlich, sobald sie in einer unbekannten Umgebung ist, und alleine bleiben kann sie gar nicht gut. Was die Erziehung angeht – sagen wir mal, bei dem großen Labrador war mir von Anfang an klar, dass er gut hören muss. Bei unserm kleinen Schoßhund hab ich vieles eher schleifen lassen.

Zwischen Betty und mir gibt es eine besondere Verbindung. Wenn es mir schlecht geht und ich zum Beispiel nachts aus dem Schlafzimmer verschwinde, kommt sie sofort mit. Wenn ich krampfe und versuche, eine möglichst aushaltbare Liegeposition zu finden, liegt sie neben mir und hält mit mir durch. Die wunderschönen dunkelbraunen Augen fest auf mich gerichtet. Manchmal denke ich, ich hätte es mir mit meiner

Diagnose niemals zumuten sollen, noch mal einen kleinen Welpen aufzunehmen. Aber ein Blick in Bettys Hundeaugen reicht, um zu wissen, was mir dieses kleine Wesen gibt und wie viel wir uns gegenseitig bedeuten.

51. Wer ist hier der Chef?

Das ist eine gute Frage. Ich plane meinen Tag – mein Lebensbegleiter Parki wirft den Plan wieder um. Wenn ich ihn und seine Aktionen ignoriere und einfach so tue, als wäre er nicht da, setzt die Strafe meist recht schnell ein. Ein anges Off. Entweder mit oder ohne Krämpfe. Super. Welche Strategie ich mir auch überlege, ich kann ihn nicht überlisten. Wenig essen, viele Pausen, viel Schlaf oder wenig. Wie es mir geht und wie viel aktive Zeit ich am Tag habe, ist immer wieder überraschend. Manchmal geht es mir bei Wärme besser, manchmal bei Kälte. Wenn ich krampfe, hilft es mir oft, mich flach auf einen kalten Fußboden zu legen. Wenn ich dann allerdings wieder so langsam ins On komme, ist Kälte wieder gar nicht hilfreich. Eine Zeit lang dachte ich, wenn ich versuche, jeden Tag möglichst gleich zu gestalten, wäre das Ergebnis ebenfalls vorhersehbarer. Irrtum. Gerade in dieser Woche habe ich mal wieder festgestellt: Auch ein Tag mit viel Anstrengung und vielen Abweichungen vom normalen Alltag kann gut laufen. Zwei kleine Offs und ansonsten viel Energie und gute

Beweglichkeit. Manchmal stelle ich mir Parki vor wie einen Rucksack, den ich nicht ablegen kann. Je mehr ich versuche, ihn abzuschütteln, desto fester umklammert er mich und nimmt mir die Luft zum Atmen. Ignoriere ich ihn, wird er mit jedem Schritt, den ich gehe, schwerer und schwerer. Also gut, denke ich mir, du hast gewonnen, Parki. Du bist der Chef. Zufrieden? Dann lacht er sich ins Fäustchen und versteckt sich. Manchmal zwei bis drei Tage lang. Bis ich mich in Sicherheit wiege und mir für einen kurzen Moment vorstelle, mein Leben wäre wieder ein bisschen wie früher. Gerade wenn ich beginne, übermütige Pläne zu schmieden, mir wieder mehr zuzutrauen, dann zeigt er wieder seine Fratze und grinst mir ins Gesicht. Immer wieder haut es mich um und immer wieder falle ich darauf rein.

Parki, du Arschloch. Mit dir zu leben ist wie die ständige Begleitung einer tickenden Zeitbombe. Du bist vielleicht der Chef über meinen Körper, aber meinen Kopf kriegst du nicht. Na, was sagst du jetzt?

52. Ganz individuell

So wie wir Menschen sind auch Hühner von ihrer Art her sehr unterschiedlich. Da gibt es die Schüchternen, die Frechen, die typischen Anführer. Manche sind unauffällig und angepasst, andere drängen sich gern in den Mittelpunkt. Es gibt Nachteulen, aber auch die, die bereits vor der Dämmerung im Stall ihren Schlafplatz aussuchen. Was ich bei den Hühnern faszinierend finde, ist, dass sie sich gegenseitig so stehen lassen können. Es gibt hier und da Konflikte, die aber immer ziemlich schnell geklärt sind. Solange die Rangordnung fest ist, geht alles gut Ansonsten heißt es: Klärung durch einen kurzen Kampf (der aber nicht gefährlich aussieht, sich aber manchmal so anhört) oder der Hahn geht zwischen die streitenden Hühner.

Im Normalfall läuft der Tag im Gehege aber friedlich ab. Morgens gehen immer die Frechen zuerst aus dem Stall. In unserem Fall sind das Anna, Lotta und Klara. Dann folgen der Hahn und die beiden Schüchternen, Heidi und Frieda. Das Schlusslicht bilden unsere Grazien. Die gehen sehr langsam zuerst zu ihrem morgendlichen Fußbad und starten gechillt in den Tag. Die anderen sind sofort am Fressen und Scharren. Na ja, und der Hahn fängt den Tag sehr gern mit dem Beglücken seiner Frauen an. Wenn es den Mädels zu viel wird mit den Annäherungsversuchen, suchen sie das Weite oder verstecken sich in den Büschen. Einmal habe ich sogar beobachtet, wie sie den Hahn regelrecht an der Nase (oder am Schnabel) herumgeführt haben. Die Treppe aus dem Stall führt etwas nach links und im Normalfall laufen auch alle Hühner nach links, weil es da ins Gehege geht und rechts nur wenig Platz ist bis zum Zaun und zur Tür. An einem Morgen gingen wie abgesprochen alle Hühner nach rechts und dann ganz fix unterm Stall durch. Nur der Hahn lief in alter Gewohnheit nach links und sah sich verdutzt um, weil er allein dastand. Unfassbar, die Hennen hatten ihn veräppelt. Und es wirkte so, als würden die Damen unterm Stall tuscheln und kichern. Der Hahn schüttelte sich erst einmal, tat ganz unbeeindruckt und schwang sich auf die Futterkiste, um seinen morgendlichen Gesang zum Besten zu geben.

Anna ist unsere Nachteule. Sie lässt sich abends gern mehrmals vom Hahn bitten, in den Stall zu kommen. Manchmal kommt der Hahn noch einmal heraus und turtelt um sie herum. Dann dreht Anna ihm ihr Hinterteil zu und widmet sich ausgiebig dem Scharren und Picken. Seit die beiden Grazien Lena und Lilly da sind, hat Anna Konkurrenz bekommen. Auch die beiden sind spät erst so richtig auf Zack. Gestylt, wie sie ja immer aussehen, könnte man meinen, sie wären herausgeputzt für die nächste Party. Sie sind auch die Einzigen, die das Fußbad mehrmals täglich nutzen. Vor allem, wenn ich frisches Wasser auffülle, kommen sie sofort mit freudigem Gegacker angerannt.

Anna ist auch eine besondere Feinschmeckerin. Sie hat das Katzenfutter für sich entdeckt. Im Sommer füttere ich unseren Kater immer draußen vor dem Seiteneingang. Der Bereich ist überdacht und es besteht nicht die Gefahr, dass ihm unser Hund das Essen wegschnappt. Da hatte ich aber noch nicht mit den Hühnern gerechnet. Anna wartete eines Morgens schon an der Hausecke und beobachtete genau, wie ich das Futter in den Katzennapf füllte. Kaum hatte ich mich umgedreht und der Kater fing an zu futtern, kam sie gackernd immer näher. Gespannt wartete ich ab, weil ich davon ausging, der Kater würde jetzt seine Mahlzeit verteidigen. Nein, er ging mit einem unzufriedenen Grunzgeräusch an die Seite und überließ Anna den Napf. Anna machte sich ohne Zögern über das Futter her. Hilfesuchend sah der Kater mich mit seinen grünen Augen an, bis ich das Huhn verscheuchte und Wache hielt, bis er fertig gefressen hatte.

An einem Abend im August stellte ich gerade die Schließzeit für den Stall neu ein, weil es abends wieder früher dunkel wurde, als ich ein komisches Geräusch hörte. Es klang nicht wie ein Huhn. Auch nicht wie ein Vogel und erst recht nicht wie eine Maus (die wir oft bei uns in den Büschen piepsen hören). Ich lauschte noch einmal und ging etwas vom Stall weg in Richtung Hecke. Dort steht ein Haselnussstrauch und mittendrin sah ich deutlich eine Bewegung. Etwas Rundes saß auf einem Ast. Ich hatte zum Glück mein Handy in der Hosentasche. Schnell schaltete ich die Taschenlampe ein und hielt den Lichtstrahl auf das runde Bündel gerichtet. In dem Moment öffneten sich in dem Bündel riesige hellgelbe Augen und starrten mich an. Einen kleinen Aufschrei konnte ich nicht unterdrücken. Dann musste ich lachen.

Ich hatte mich vor einer Eule erschreckt. Sie schien von mir weniger beeindruckt zu sein. Ich machte das Licht wieder aus, und die Eule flog nicht weg, sondern blieb auf dem Ast sitzen. Über unseren Köpfen zogen die Fledermäuse ihre Runden und im Gebüsch hörte ich die abendliche Unterhaltung der Mäuse. Hatte ich schon mal erwähnt, dass ich Tiere mag?

53. Viele Fragen,

noch mehr Antworten

Immer wieder stehe ich vor der Frage, wie es mit meiner Medikation weitergehen soll. Nach jeder Neueinstellung (außer bei der ersten) war ich besser beweglich und kam im Alltag wieder besser klar als vorher. So geht es auch den meisten Parkinson-Patienten, die ich bisher kennengelernt habe. Trotzdem kommt früher oder später der Punkt, wo die Verbesserung nachlässt. Bei mir heißt das im Klartext, dass ich wieder jede zweite oder dritte Nacht krampfe, meine Offs länger werden und ich durch den Schlafmangel insgesamt völlig hinüber bin. Dann gehen mir die Möglichkeiten durch den Kopf, die ich noch habe. Was kann man noch mit Tablettenumstellungen erreichen? Soll ich noch mal eine andere Klinik ausprobieren? Oder doch auf die Apomorphin-pumpe umstellen? Insgesamt drei Mal wurde mir auch schon sehr zu einem operativen Eingriff – der THS (Tiefe Hirnstimulation) – geraten. Die Vorstellung, dass mir bei vollem Bewusstsein Elektroden ins Gehirn gesetzt werden, finde ich immer noch ziemlich unheimlich. Wenn ich dann aber höre, dass es Patienten gibt, die danach nur noch einen Bruchteil der Medikamente brauchen und im Alltag gut klarkommen ... Da kommt man schon ins Grübeln. Ich kenne allerdings auch einige, bei denen die OP zu keinem guten Ergebnis geführt hat. Dann sind da ja noch die alternativen Heilmethoden. Akupunktur soll eine gute Methode sein, um die Symptome in den Griff zu bekommen. Dann gibt es in Spanien jemanden, der die permanente Nadel anbietet. Das heißt, winzig kleine Nadeln verbleiben in der Ohrmuschel und man hat über Jahre die Wirkung von Akupunktur bei nur einer Behandlung. Der Arzt, der das anbietet, ist selbst von Parkinson betroffen und versichert, dass seine Behandlung Erfolg bringt. Es gibt sogar Studien darüber.

Da stehe ich nun und komme mir vor wie in einem Labyrinth. Welcher Weg ist für mich der beste? Wem glaube ich? Und bei den alternativen Möglichkeiten ist das Ganze eben auch eine finanzielle Frage. Glaube ich an die Medikamente? Und wie lange machen das mein Magen und mein Darm noch mit, bei den Mengen, die ich täglich schlucke? Mit der Zeit bin ich immer skeptischer geworden und frage mich bei einer ärztlichen Empfehlung sofort, aus welchem Grund diese gerade ausgesprochen wird. Geht es wirklich um mich und wie man mir am besten helfen kann? Oder hat der Arzt oder die Klinik mit bestimmten Medikamentenherstellern einen Vertrag? Springt für die Klinik bei der einen oder anderen Behandlung mehr raus? Mir ist klar, dass ich auf diese Fragen keine Antworten bekomme. Und doch muss ich Entscheidungen treffen. Da kann ich nur für mich selbst und alle anderen Betroffenen hoffen, dass es die richtigen Entscheidungen sind. Garantie gibt es keine.

Und das Leben bleibt spannend und lebensgefährlich. Es ist ein gutes Gefühl, nicht ganz allein auf dem Weg zu sein, wo auch immer er hinführt.

54. Besuch im Gehege

Unsere Hühner sind sehr gastfreundliche Wesen. Das konnte ich immer wieder feststellen. Ob Mäuse sich rasch ein paar Getreidekörner stibitzen oder ab und zu ein oder zwei Tauben vorbeikommen und sich ebenfalls einen kleinen Snack genehmigen.

Spatzen, Meisen, Amseln und Elstern sind alle schon mal da gewesen. Dabei bleiben die Hühner auf sicherem Abstand zu ihren Gästen, sind aber ruhig und lassen sich nicht großartig stören.

Anders allerdings ist es bei größeren Besuchern, die aber auch seltener den Weg ins oder ans Gehege finden. Unser frecher Nachbarskater wird jedes Mal mit großem Gezeter vertrieben. Genauso wie der Bengalkater (ebenfalls aus der weiteren Nachbarschaft). Zuerst ruft der Hahn seine Mädels zusammen, dann krakeelen sie lautstark. Und um seine Machtposition deutlich zu machen, plustert sich der Hahn schließlich auf und stolziert am Zaun entlang. Er blickt dem Feind ins Auge, und wer tatsächlich zuerst wegguckt, ist der Kater. An einem Samstagnachmittag – wir hatten gerade Freunde zu Besuch und saßen auf der Terrasse – ging im Hühnergehege ein großes Spektakel los. Erschrocken sprang ich auf, um nachzusehen, was los war. Ein ausgewachsenes Reh hatte sich in unseren Garten verlaufen und sprang panisch um das Gehege herum, um irgendwie wegzukommen. Als ich dann auch noch von der anderen Seite kam, sprang es vor Schreck über die Umzäunung, riss dabei das Geflügelnetz herunter und lief quer durch die laut gackernde aufgeregte Hühnerschar zum Nachbargrundstück und dann Richtung Wald davon. Wir mussten uns auch erst einmal von dem Schreck erholen und das Netz ums Gehege neu spannen.

Der letzte besondere Besuch ist erst zwei Wochen her. Es war ein ruhiger Sonntag und ich hatte es mir gerade mit einem spannenden Buch auf meinem Lieblingssessel gemütlich gemacht, als es draußen mal wieder laut wurde. Ich hörte

Katzengejammer, der Hund schlug an und die Hühner machten einen Heidenlärm.

Ich nahm den kürzesten Weg über die Terrassentür zu den Hühnern und sah erst einmal nichts Beunruhigendes. Plötzlich flitzte der rotgetigerte Kater der Nachbarn in einem Höllentempo an mir vorbei. Hinter ihm her kam aus dem Gebüsch ein großer, schlanker Hund, den ich nicht kannte. Ich stellte mich dem Hund instinktiv in den Weg, sodass er gezwungen war, die Geschwindigkeit zu drosseln und an mir vorbei zum Gemüsegarten zu fliehen. Dort war er von Zäunen umgeben. Ich schnappte mir unsere Hundeleine und wollte ihn einfangen, da hatte ich nicht mit seiner Sportlichkeit gerechnet. Er nahm einen kurzen Anlauf, sprang über den Zaun und verschwand. Obwohl ich hier in der Gegend viele Hunde und deren Besitzer kenne, ist mir dieser Kerl nicht wieder über den Weg gelaufen.

55. Ein Strauß aus Federn

Der Neffe einer Freundin, die etwas weiter weg wohnt, war bei einem Besuch völlig begeistert von unseren Hühnern. Er lernte alle Namen auswendig und konnte sich kaum vom Beobachterposten auf dem Baumhaus über dem Gehege trennen. Er überschüttete mich mit Fragen über das Alter der Hühner, wie lange wir sie schon hätten, welche Rassen dabei waren, wie viele Eier sie legten und welche Farbe die Eierschale hatte. Die meisten Fragen konnte ich beantworten. Seine Freude war riesig, als ich ihm zum Abschied zwei frisch gelegte Eier und eine schillernde Schwanzfeder vom Hahn mitgab. Als ich das nächste Mal mit meiner Freundin telefonierte, erzählte sie mir, dass ihr Neffe mit seiner Hühnerbegeisterung alle zur Verzweiflung trieb. Er selbst lebte mit seinen Eltern in einer Etagenwohnung. Da war natürlich klar, dass es mit Hühnerhaltung eher schlecht aussah. Aber alle Bekannten und Verwandten, die ein Haus hatten, wurden bekniet, sich doch bitte Hühner anzuschaffen. Der Kleine hatte wirklich Biss, das gefiel mir. Weil ich wusste, dass er bald Geburtstag hatte, beschloss ich, ihm ein besonderes Geschenk zu schicken. Nein, kein Huhn! Aber ich besorgte ihm ein Buch über verschiedene Hühnerrassen mit vielen Bildern darin. Und ich begann, täglich im Gehege und im Stall die schönsten Federn zu sammeln. Bis zu dem Tag, an dem ich das Päckchen losschicken wollte, hatte ich eine ganze Menge Federn zusammen. Einen ganzen Strauß voller Federn, den ich mit dem Buch in einen kleinen Karton verpackte. Gespannt wartete ich in den nächsten Tagen auf eine Reaktion. Als meine Freundin sich meldete, um sich im Namen ihres Neffen zu bedanken, konnte sie kaum reden vor Lachen. Sie erzählte, dass er sich so über das Geschenk gefreut hätte, dass er selbst das Mountainbike, das er von seinen Eltern bekommen hatte, links liegen ließ. Er sortierte die Federn und versuchte zu erraten, welche Feder von welchem unserer Hühner stammte. Die Namen wusste er noch alle auswendig. Ich war schwer beeindruckt von dieser Leidenschaft.

56. Wie das Leben

In der Schule war ich immer recht gut in Mathe. So etwas gefällt mir. Wahrscheinlich mag ich deshalb auch Buchhaltung. Was hat Mathe mit Parkinson zu tun? Jede Menge nichts! Man sollte doch meinen, wenn ich alle Zeiten fürs Essen und die Medikamente einhalte, mich nicht überanstrenge, keine „verbotenen" Dinge zu mir nehme, dann klappt der Tag gut. Das wäre Mathe. Parkinson ist da wesentlich schlechter durchschaubar. Wenn ich schon morgens krampfe, meine ich, voraussagen zu können, dass das kein guter Tag wird. Dann ist ab 9 Uhr wieder alles fit und das bleibt auch so bis zum Abend. Es gab eine Zeit, da konnte ich es einfach nicht glauben, dass Parkinson so unberechenbar ist. Ich habe täglich Buch geführt (wie gesagt, ich liebe Listen) und habe genau aufgeschrieben, was ich wann gegessen habe und wie es mir ging. Es war kein Muster erkennbar.

Ich habe ja schon von meinem Besuch beim Manualtherapeuten vor ein paar Wochen berichtet und von der super Wirkung der Behandlung, nach der es mir über Wochen besser ging. Das wollte ich unbedingt noch einmal. Also besorgte ich mir einen weiteren Termin. Nach der Behandlung verließ ich die Praxis und schaffte nicht einmal den Zehn-Minuten-Fußweg bis zum Bahnhof. Mein rechtes Bein fing an zu krampfen. Ich humpelte zu einer Bank und hatte eine halbe Stunde Zwangspause. Ich war total enttäuscht. Als kleines Trostpflaster ging ich statt direkt zum Bahnhof noch in die Innenstadt und holte mir bei Pizza Hut ein Stück Pizza zum Mitnehmen. Nicht gerade das, wovon ich mich ernähren sollte. Aber es tat sooo gut. Ich will mit diesen Erkenntnissen nicht sagen, es ist sch...egal, was ich mache, also muss ich auf gar nichts achten. Das stimmt so nicht. Ich versuche bei allem ein gutes Mittelmaß zu finden. Bei meiner Ernährung achte ich darauf, dass ich wenig Weizen und Zucker zu mir nehme. Die Größe meiner Mahlzeiten halte ich überschaubar, und das mit dem Viel- oder Wenig-Tun ist so eine Sache. Ich versuche einfach, dabei nicht zu übertreiben. Da ich aber auch mit dieser Methode nicht einschätzen kann, wann es mir wie lange gut geht, genieße ich es besonders, wenn ein Abend bei Freunden ohne Offs und Krämpfe abläuft. Oder wenn ich bis Mitternacht mit meinem Mann auf der Terrasse einen lauen Sommerabend verbringen kann. Ein Einkaufsbummel ohne Zwangspausen, ein dicker Eisbecher, dem kein langes Off folgt. Das sind die kleinen Freuden des Alltags.

57. Zukunft

Wie geht es weiter? Was die Hühner angeht, hoffe ich, dass es ihnen weiterhin gut gehen wird und die neuen Küken in die Herde hineinwachsen. Eine Idee, die mich nicht loslässt, ist, unsere Bolonka-Hündin Betty decken zu lassen. Wäre es nicht toll, wenn sie ein paar süße kleine Welpen zur Welt brächte? Den passenden Rüden haben wir auch schon gefunden. Ebenfalls ein reinrassiger Bolonka, mit dem sich Betty wunderbar versteht. Wir gehen davon aus, dass er nicht abgeneigt wäre, Betty in der heißen Phase etwas näherzukommen. Mir ist sehr bewusst, dass eine Hundezucht gut begleitet werden müsste. Im Grunde wäre es ein Fulltime-Job mit Nacht-bereitschaft. Zumindest so lange, bis die Welpen ab der zwölften Lebenswoche in ihr neues Zuhause ziehen könnten. Mir wäre vor allem wichtig, dass die Welpen gut vorbereitet aus dem Haus gingen. Das würde bedeuten, sie an vieles zu gewöhnen. Alltagsgeräusche, Fell- und Körperpflege, Auto fahren (nur mitfahren), in einer Transportbox liegen und vieles mehr. Jede Menge Arbeit, und das bei meinem Gesundheitszustand? Wo ich nicht weiß, wie viel aktive Zeit ich an welchem Tag haben werde. Wieder so eine schwer zu beantwortende Frage: Ist es mutig oder dumm, so etwas zu planen?

Was die Planung meiner eigenen Zukunft angeht, da habe ich ebenfalls keine Idee. Momentan komme ich mit meinem Alltag gar nicht gut zurecht. Jeder Tag ist eine Überraschung. Obwohl mein Mann den Großteil der Hausarbeit übernimmt, gibt es Aufgaben, die ich einfach nicht abgeben möchte. Der Hund, der Kater und die Versorgung der Hühner liegen in meiner Verantwortung. Wie lange ich das noch schaffe, weiß ich nicht. Den Gedanken, dass ich irgendwann in nicht so ferner Zukunft bei alltäglichen Dingen auf Hilfe angewiesen sein könnte, versuche ich zu ignorieren.

Dass ich davor eine fürchterliche Angst habe, würde ich nie und nimmer zugeben.

Niemand weiß, was morgen passiert. Und trotzdem will ich leben, lachen, lieben, weinen, essen, trinken, feiern … und schreiben.

Anhang - Erklärungen:

Dopamin: wichtiger Botenstoff, der für viele lebensnotwendige Steuerungsvorgänge erforderlich ist (wie z. B. Beweglichkeit). Bei Parkinson kommt es wegen des Abbaus bestimmter Zellen im Gehirn zu einem Dopaminmangel.

Levodopa: wird im Gehirn zu Dopamin umgewandelt.

Dopaminagonisten: ahmen die Wirkung von Dopamin im Gehirn nach indem sie bestimmte Rezeptoren stimulieren und den Abbau von Dopamin reduzieren.

Madopar LT: Schnell wirkendes Parkinson-Medikament (Wirkstoff: Levodopa). Tablette wird in Wasser aufgelöst eingenommen.

Carbidopa: verhindert den schnellen Abbau von Dopamin im Gehirn

Entacapon: verlängert die Wirkung und verzögert den Abbau von Levodopa.

Amantadin: fördert die Dopamin-Ausschüttung.

Apomorphin: gehört zu den Dopaminagonisten und wird über einen Pen (Spritze) oder eine Pumpe verabreicht. Es wird direkt unter die Haut gespritzt und umgeht somit den Weg über den Magen-Darm-Trakt. Die Pumpe gibt den Wirkstoff gleichmäßig über den Tag verteilt ab.

Neupropflaster: Ist ebenfalls ein Dopaminagonist (Wirkstoff Rotigotin). Über die Haut wirkt das Pflaster 24 Stunden.

THS: Tiefe Hirnstimulation (Hirnschrittmacher)

Im Gehirn werden Elektroden eingesetzt, die durch elektrische Impulse bestimmte Areale des Gehirns stimulieren. Stärke und Intensität werden mit einem im Bauch- oder Brustbereich implantierten Steuergerät individuell eingestellt. Dadurch werden die Parkinson Symptome gelindert.

Freezing: Plötzliches Stehenbleiben (Einfrieren), ist eines der vielen Symptome von Parkinson

On- und Off-Zeiten: Phasen der guten oder schlechten Beweglichkeit.